sekret hiszpańskiej pensjonarki

eduardo mendoza

sekret hiszpańskiej pensjonarki

przekład
Marzena Chrobak

Wydawnictwo Znak
Kraków 2004

Tytuł oryginału
El misterio de la cripta embrujada
Copyright © Eduardo Mendoza, 1979

Projekt okładki
Przemysław Dębowski

Adiustacja
Urszula Horecka

Korekta
Anna Szulczyńska
Małgorzata Biernacka

Łamanie
Irena Jagocha

Opieka redakcyjna
Barbara Grzemowska

© Copyright for the translation by Marzena Chrobak
© Copyright for this edition by Wydawnictwo Znak, Kraków 2004
ISBN 83-240-0384-3

Zamówienia: Dział Handlowy, 30-105 Kraków, ul. Kościuszki 37
Bezpłatna infolinia: 0800-130-082
Zapraszamy do naszej księgarni internetowej: www.znak.com.pl

Rozdział I

Niespodziewana wizyta

Wyszliśmy na murawę, żeby wygrać; stać nas było na to. Taktyka, którą osobiście – proszę mi wybaczyć brak skromności – obrałem, twardy trening, jakiemu poddałem chłopców, złudna nadzieja, którą im zaszczepiłem groźbami, wszystkie te elementy działały na naszą korzyść. Wszystko szło dobrze; byliśmy o krok od strzelenia gola; przeciwnik szedł w rozsypkę. Był piękny kwietniowy poranek, świeciło słońce, kątem oka dostrzegłem, że szpaler drzew morwowych na skraju boiska pokrywa żółtawy i pachnący puch, zwiastun wiosny. I od tego momentu wszystko potoczyło się fatalnie: niebo bez uprzedzenia zasnuło się chmurami, a Carrascosa, ten z sali 13, któremu zleciłem obronę stanowczą, a w razie konieczności miażdżącą, rzucił się na ziemię i zaczął wrzeszczeć, że nie chce patrzeć na swoje ręce splamione krwią ludzką, o co nikt go nie prosił, i że jego świętej pamięci matka wyrzuca mu agresywność, wszczepioną wprawdzie, lecz nie mniej przez to naganną. Na szczęście łączyłem funkcje napastnika z funkcjami sędziego i udało mi się, choć nie bez protestów, unieważnić gola, którego nam właśnie strzelono. Wiedziałem jednak, że gdy coś zaczyna się psuć, nikt już nie powstrzyma tego procesu i że nasze sportowe losy, jeśli można tak rzec, wiszą na włosku. Kiedy zobaczyłem, że

Toñito wali zawzięcie głową w poprzeczkę bramki przeciwnika, całkowicie ignorując długie i, po cóż zaprzeczać, celne podania, które kierowałem do niego z połowy boiska, zrozumiałem, iż wszystko skończone i także w tym roku nie zostaniemy mistrzami. Dlatego nie przejąłem się specjalnie, kiedy doktor Chulferga, o ile w ogóle tak się nazywał, bo nigdy nie widziałem jego nazwiska w formie pisemnej, a jestem nieco przygłuchy, zaczął machać do mnie, pokazując, żebym zszedł z boiska i spotkał się z nim za linią boczną, bo ma mi coś do powiedzenia. Doktor Chulferga był młody, niziutki i krępy, twarz okalała mu broda tak brązowa jak grube szkła jego okularów. Przyjechał z Ameryki Południowej niedawno, a już mało kto go lubił. Ukłoniłem mu się z szacunkiem, który miał zamaskować moje zmieszanie.

– Doktor Sugrañes – powiedział – chce się z tobą zobaczyć.

Na co odrzekłem, żeby mu się podlizać:

– Z największą przyjemnością. – Po czym natychmiast dodałem, widząc, że moje słowa bynajmniej nie wywołały uśmiechu na jego twarzy: – Choć nie ulega wątpliwości, że wysiłek fizyczny wywiera zbawienny wpływ na nasz rozprężony organizm.

Za całą odpowiedź doktor odwrócił się na pięcie i ruszył przed siebie wielkimi krokami, sprawdzając od czasu do czasu, czy idę za nim. Po sprawie z artykułem stał się nieufny. Sprawa z artykułem polegała na tym, że napisał tekst zatytułowany *Rozdwojenie osobowości, lubieżne delirium i zatrzymanie moczu*, który „Fuerza Nueva", korzystając z dezorientacji nowo przybyłego, opublikowała pod tytułem *Zarys osobowości monarchicznej* i z podpisem doktora, co tenże odebrał bardzo źle. Od tego czasu zdarzało się, że w połowie terapii wykrzykiwał nagle z goryczą:

– W tym gumianym kraju nawet wariaci to faszyci.

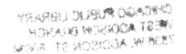

Mówił to właśnie w ten sposób, nie tak jak my, którzy wymawiamy wszystkie głoski jak Pan Bóg przykazał. Dlatego właśnie, jak już wspomniałem, usłuchałem go bez słowa, chociaż chętnie poprosiłbym o pozwolenie na wzięcie prysznica i przebranie się, ponieważ spociłem się dość mocno, a mam skłonności do wydzielania brzydkiego zapachu, zwłaszcza kiedy przebywam w pomieszczeniach zamkniętych. Nie powiedziałem jednak nic.

Przemierzyliśmy żwirową alejkę wysadzaną lipami, weszliśmy po marmurowych stopniach i znaleźliśmy się w holu budynku sanatorium, czy też w sanatorium właściwym, gdzie przez szklaną kopułę z ołowianymi szprosami wpadało bursztynowe światło, które zdawało się zachowywać czystą świeżość ostatnich dni zimy. W głębi holu, na prawo od posągu świętego Wincentego à Paulo, między postumentem a schodami wysłanymi dywanem – schodami dla gości – mieściła się poczekalnia gabinetu doktora Sugrañesa, w której, jak zwykle, leżały tylko stare, pokryte kurzem numery czasopisma Klubu Automobilowego. W głębi poczekalni znajdowały się potężne, mahoniowe drzwi do gabinetu samego doktora Sugrañesa, w które zapukał mój towarzysz. W maleńkim semaforze osadzonym w futrynie zapaliło się zielone światełko. Doktor Chulferga uchylił drzwi, wsunął głowę w szparę i wyszeptał kilka słów. Następnie wycofał głowę, umieścił ją ponownie na ramionach, otworzył ciężkie skrzydło na oścież i pokazał gestem, bym wszedł do gabinetu, co uczyniłem z pewnym niepokojem, gdyż nieczęsto, a zatem było to wręcz złowróżbne, doktor Sugrañes wzywał mnie do siebie, nie licząc regulaminowej rozmowy raz na trzy miesiące, do której terminu brakowało jeszcze pięciu tygodni. Być może więc moje zakłopotanie nie pozwoliło mi dostrzec, choć jestem dobrym obserwatorem, że w gabinecie znajdują się, oprócz doktora Sugrañesa, jeszcze dwie osoby.

– Czy można, panie doktorze? – zapytałem, zauważając, że mój głos jest drżący i nieco piskliwy, a wymowa niewyraźna.

– Wchodź, wchodź, nie bój się – powiedział doktor Sugrañes, interpretując z właściwą sobie przenikliwością moją modulację. – Widzisz, że masz gości.

Musiałem skoncentrować uwagę na dyplomie wiszącym na ścianie, żeby powstrzymać szczękanie zębami.

– Nie przywitasz się z tymi przemiłymi osobami? – zapytał doktor Sugrañes serdecznym tonem zwiastującym ultimatum.

Największym wysiłkiem woli spróbowałem uporządkować myśli: po pierwsze, musiałem ustalić tożsamość gości, bez czego nie miałem szans na odgadnięcie powodów ich obecności, a co za tym idzie na przygotowanie linii obrony. Musiałem zatem spojrzeć im w twarz, ponieważ drogą zwykłej dedukcji nigdy bym do tego nie doszedł, jako że przyjaciół nie miałem, a w ciągu pięciu lat spędzonych w sanatoryjnym odosobnieniu nie odwiedził mnie nikt z rodziny, gdyż poróżniłem się z najbliższymi, zresztą nie bez powodu. Zacząłem się więc obracać, bardzo powoli, starając się, by ruch ten przeszedł niezauważony, co jednak mi się nie udało, ponieważ zarówno doktor Sugrañes, jak i dwie pozostałe osoby wbijali we mnie spojrzenie sześciorga oczu. Zobaczyłem to, co natychmiast opiszę: naprzeciwko biurka doktora Sugrañesa, na dwóch skórzanych fotelach – to jest na dwóch fotelach, które były skórzane, dopóki Jaimito Bullón nie zrobił kupy na jeden z nich, po czym trzeba było obić oba, dla zachowania symetrii, różowawym skajem nadającym się do prania w pralce – siedziały osoby. Opiszę jedną z nich: na fotelu bliżej okna, to znaczy bliżej w odniesieniu do drugiego fotela, ponieważ między pierwszym fotelem, tym bliżej okna, a oknem, znajdowało się miejsce na popielniczkę, śliczną szklaną popielniczkę, która wieńczyła prawie metrową kolumnę z brązu, a używam czasu przeszłego, ponieważ gdy Rebolledo podjął próbę rzucenia kolumienką w głowę doktora Sugrañesa, obie, kolumienka i popielniczka, zostały usunięte i niezastąpione niczym, więc na fotelu bliżej okna, powiadam, siedziała kobieta w wieku nieokreślonym, chociaż dałem jej jakąś pięćdziesiątkę, ale bardzo źle wykorzystaną, o dystyngowanych rysach i postawie, choć ubrana bardzo zwyczajnie, trzymająca zamiast torebki, na kolanach przykrytych plisowaną spódnicą z poliestru, torbę lekarską, podłużną, prążkowaną, ze sznurkiem zamiast paska. Rzeczona dama uśmiechała się zaciśniętymi wargami, lecz spojrzenie jej było badawcze, a brwi – bardzo krzaczaste – zmarszczone, co sprawiało, że idealnie pionowa bruzda przecinała jej czoło, równie gładkie jak reszta jej twarzy, na której nie znać było ani śladu depilacji, a za to widoczny był wyraźny cień wąsika. Z wszystkich tych znaków wydedukowałem, że stoję przed zakonnicą, przy czym ten mój wniosek zasługiwał na uznanie, ponieważ gdy znalazłem się w zamknięciu, nie było jeszcze tak powszechne jak później zjawisko pokazywania się przez zakonnice bez habitu, przynajmniej poza murami klasztorów. Co prawda, znacznie pomógł mi w tym rozumowaniu widok krzyżyka na piersi, szkaplerza na szyi i różańca przytroczonego do paska. A teraz opiszę drugą osobę, czy też osobę, która zajmowała drugi fotel, ten bliżej drzwi, jeśli weszło się przez nie, a która była mężczyzną w średnim wieku, zbliżonym do wieku zakonnicy, a nawet, pomyślałem na własny użytek, do wieku doktora Sugrañesa, choć odrzuciłem podejrzenie, że zbieżność ta jest celowa. Rysy twarzy owego mężczyzny, cokolwiek toporne, nie miały w sobie nic charakterystycznego poza tym, że były mi doskonale znane, gdyż odpowiadały rysom, czy też ściślej rzecz biorąc, należały do komisarza Floresa, a właściwie powinno się rzec, iż b y ł y komisarzem Floresem, zakładając oczywiście, że nie sposób sobie wyobra-

9

zić jakiegokolwiek komisarza czy też, *mutatis mutandis*, jakiejkolwiek istoty ludzkiej z Kryminalnej Brygady Śledczej, bez rysów twarzy. Zauważywszy, że całkowicie wyłysiał mimo stosowania, całe lata temu, płynów i pomad, powiedziałem:

— Panie komisarzu, dla pana czas zupełnie nie płynie.

Na co komisarz odpowiedział bez słów, machając ręką przed swoimi rysami, o których już wspomniałem, jakby chciał zapytać:

— Jak się masz?

Na domiar wszystkiego doktor Sugrañes wcisnął przycisk interfonu leżącego na stole i powiedział głosowi, który się zeń wydobył:

— Przynieś pepsi-colę, Pepita.

Z pewnością myślał o mnie, a ja nie potrafiłem powstrzymać błogiego uśmiechu, który moja rezerwa z pewnością przekształciła w grymas. A teraz, nie przeciągając już dłużej wstępu, przytoczę rozmowę, która odbyła się wówczas w owym gabinecie.

— Sądzę, że przypominasz sobie — powiedział doktor Sugrañes, zwracając się do mnie — komisarza Floresa, który zatrzymywał cię, przesłuchiwał, a niekiedy kładł na tobie rękę, gdy twoje, ehem, ehem, rozprężenie psychiczne powodowało, że popełniałeś czyny antyspołeczne — przytaknąłem mu — przy czym nigdy, rzecz oczywista, i dobrze o tym wiesz, nie wchodziła w grę jakakolwiek nienawiść. To nie wszystko jednak, bo zarówno on, jak i ty sam poinformowaliście mnie, że sporadycznie pracowaliście razem, to znaczy, że wyświadczyłeś mu absolutnie bezinteresownie kilka przysług, dowód, moim zdaniem, na ambiwalencję twojej dawnej postawy — na co ponownie przytaknąłem, jako że w moich złych czasach nie gardziłem niegodziwą rolą konfidenta policji za cenę efemerycznej tolerancji z jednej strony, a niechęci współtowarzyszy spoza granic obowiązującego prawodawstwa z drugiej, co na dłuższą metę przysporzyło mi więcej szkód niż korzyści.

Elegancki i precyzyjny niby Sybilla, jak przystało na kogoś, kto wspiął się po szczeblach kariery na najwyższy stopień w swojej dziedzinie, doktor Sugrañes porzucił temat w tym punkcie i zwrócił się, oczywiście ustnie, do komisarza Floresa, który słuchał akademika z wygasłym cygarem habano w ustach i wpółprzymkniętymi powiekami, jak gdyby medytował nad zaletami tego drugiego, to jest cygara.

– Komisarzu – powiedział, wskazując na mnie, lecz zwracając się do komisarza – stoi przed panem nowy człowiek, z którego wyrwaliśmy z korzeniami wszelki obłęd, przy czym zasługi za to osiągnięcie nie powinniśmy przypisywać sobie my, medycy, ponieważ, jak panu dobrze wiadomo, w naszej specjalności zawodowej wyleczenie zależy w ogromnej mierze od woli pacjenta, a co do przypadku, którym się aktualnie zajmujemy, z ogromną satysfakcją stwierdzam, że pacjent – ponownie wskazał na mnie, jakby więcej niż jeden pacjent przebywał w gabinecie – włożył ze swej strony wysiłek tak godny uwagi, że zachowanie jego mogę nazwać nie tylko dalekim od występnego, lecz po prostu wzorowym.

– W takim razie – otworzyła usta zakonnica – dlaczego, doktorze, jeśli pozwoli mi pan na pytanie, które panu, specjaliście w tej dziedzinie, wyda się zbyteczne, ten, ehem, ehem, osobnik nadal pozostaje w zamknięciu?

Miała głos metaliczny, nieco ochrypły. Zauważyłem, że zdania wychodzą z jej ust niby pęcherzyki, w których słowa były jedynie zewnętrzną powłoką odkrywającą, gdy ulotnił się dźwięk, eteryczną treść. Na co doktor Sugrañes odrzekł popularyzatorskim tonem:

– Widzi wielebna matka, przypadek, którym się aktualnie zajmujemy, charakteryzuje się pewną złożonością, jako rozkraczony, przepraszam za porównanie, u zbiegu kompetencji dwóch organów. Ten, ehem, ehem, delikwent został mi powierzony przez władzę sądową, która mądrze uznała, że lepsze skutki przyniesie terapia w murach szpitala niż instytucji penitencjarnej. W związku z powyższym, jego wolność zależy nie od mojej prywatnej decyzji, lecz od decyzji, by tak rzec, łącznej. A jest sekretem poliszynela, że między magistraturą a kolegium medyków, już to z przyczyn ideologicznych, już to ze względu na konieczność współpracy, rzadko zachodzi zbieżność poglądów. Komentarz ten nie powinien opuścić tego pomieszczenia – uśmiechnął się jak człowiek doskonale obyty z zagadnieniami wymagającymi dyskrecji. – Gdyby ode mnie zależało, już dawno podpisałbym wypis. Podobnie, gdyby to nie w sanatorium przypadek został zamknięty, już od lat cieszyłby się warunkową wolnością. Jednakże w obecnym układzie sił wystarczy, bym zaproponował cokolwiek, aby właściwy sąd postanowił coś przeciwnego. I odwrotnie, rzecz jasna. Cóż możemy na to poradzić?

Doktor Sugrañes mówił prawdę: ja sam wielokrotnie składałem wniosek o zwolnienie i zawsze napotykałem niemożliwe do przezwyciężenia problemy jurysdykcyjne. Już od półtora roku wypisywałem sterty podań i kradłem znaczki opłaty skarbowej w lokalnym kiosku, by uprawomocnić owe podania, które wracały do mnie opatrzone czerwoną pieczęcią z napisem „odpowiedź odmowna", bez słowa wyjaśnienia.

– No cóż – podjął doktor po krótkiej pauzie – no cóż, przypadkowa okoliczność, która przywiodła państwa do mojego gabinetu, szanowny komisarzu, wielebna matko, mogłaby zapewne przerwać to błędne koło, w którym się znajdujemy, czyż nie?

Goście potaknęli, każdy ze swojego fotela.

– To znaczy – uściślił doktor – że gdybym ja potwierdził, iż, z medycznego punktu widzenia, stan, ehem, ehem, pensjonariusza jest korzystny, pan, komisarzu, ze swojej strony, poparł moje zdanie swoją opinią, powiedzmy, administracyjną, a wielebna matka, ze swej strony i z właściwym sobie taktem, rzuciła mimochodem kilka pełnych szacunku słów w pałacu arcybiskupim, być może, powiadam, władze sądowe zaczęłyby...?

Dobrze.

Sądzę, że nadszedł moment, by rozwiać ewentualne wątpliwości, jakie mogłyby zagnieździć się w umyśle któregoś miłego czytelnika względem mojej osoby. Jestem, w rzeczy samej, a raczej byłem, i to nie alternatywnie, lecz kumulatywnie, wariatem, łotrem, przestępcą i osobą o ułomnym wykształceniu i kulturze, gdyż nie miałem innej szkoły oprócz ulicy ani innego nauczyciela oprócz złego towarzystwa, jakim się otaczałem, ale nigdy nie byłem, i nie jestem, kretynem – piękne słowa, nawleczone na sznur poprawnej składni, mogą urzec mnie na moment, zniekształcić perspektywę, zmącić wizję rzeczywistości. Jednakże efekty te nie trwają długo; mój instynkt samozachowawczy jest zbyt wyostrzony, umiłowanie życia zbyt silne, doświadczenie w walkach słownych zbyt gorzkie. Prędzej czy później rozjaśnia mi się w mózgownicy i pojmuję, tak jak pojąłem wówczas, że rozmowa, której się przysłuchuję, została wcześniej ukartowana i przećwiczona i że jej celem jest zaszczepienie mi pewnej idei. Ale jakiej? Że mam tkwić w sanatorium przez resztę moich dni?

– ... nie tyle dopuszczać myśl, że, ehem, ehem, egzemplarz tu obecny jest zreformowany czy zrehabilitowany, pojęć tych, które zakładają winę – doktor Sugrañes ponownie zwracał się do mnie i pożałowałem, że monolog wewnętrzny nie pozwolił mi wysłuchać dwóch pierwszych wersów jego perory – a których w związku z powyższym nie znoszę – przez jego usta przemawiał teraz psychiatra – ile założyć, że egzemplarz ów jest, proszę mnie dobrze zrozumieć, pogodzony z sobą samym i ze społeczeństwem, stanowiąc z jednym i z drugim harmonijną całość. Zrozumieli mnie państwo? Ach, oto nasza pepsi-cola.

W normalnych okolicznościach rzuciłbym się na pielęgniarkę i spróbował jedną ręką obmacać jej krągłe i soczyste gruszki buntujące się przeciwko śnieżnobiałemu, wykrochmalonemu fartuchowi, a drugą wyrwałbym pepsi-colę, wyżłopał ją z butelki i być może nawet beknął kilkakrotnie na znak zaspokojenia.

Nie zrobiłem jednak żadnej z tych rzeczy, ponieważ zdałem sobie sprawę, że w czterech ścianach zamykających gabinet doktora Sugrañesa ważą się moje losy i że dla pomyślnego rozstrzygnięcia całej sprawy powinienem okazać umiarkowanie. Odczekałem zatem, aż pielęgniarka, której obraz podejrzany przez dziurkę od klucza w toalecie starałem się teraz odepchnąć, by zastąpić go obrazem pochwyconym przed chwilą, napełni papierowy kubek brunatnym, musującym napojem i poda mi go, jakby mówiła: masz, wypij mnie; po czym okazałem rozwagę i umieściłem wargi po obu stronach brzegu kubka, a nie całe usta wewnątrz, jak to robię zazwyczaj, a ponadto zacząłem pić małymi łykami, nie chłepcząc, nie wydając żadnych innych odgłosów i nie trzęsąc się, a także nie odchylając łokci od ciała, aby nie wydobył się spod moich pach cierpki fetor. Tak więc popijałem sobie colę małymi łykami, całkowicie kontrolując ruchy, choć zapłaciłem za to przegapieniem dalszej części rozmowy. Po chwili, pokonując rozkoszny zawrót głowy wywołany przez smakowity napój, nadstawiłem ucha i usłyszałem następujące słowa:

– A zatem wszyscy się zgadzamy?

– Jeśli o mnie chodzi – powiedział komisarz Flores – nie widzę przeszkód, oczywiście pod warunkiem, że ten, ehem, ehem, okaz przystanie na propozycję.

Uczyniłem to bezwarunkowo, nie wiedząc nawet, na co wyrażam zgodę, w przekonaniu, iż rzecz postanowiona przez przedstawicieli trzech najważniejszych na ziemi władz, to jest wymiaru sprawiedliwości, nauki i boskości, jeśli nawet nie obróci się na moją korzyść, z pewnością nie jest czymś, czemu można się sprzeciwiać.

– Widząc zatem, że ten, ehem, ehem, osobnik – powiedział doktor Sugrañes – całkowicie zgadza się na to, co uzgodniliśmy, pozostawię państwa samych, byście mogli wprowadzić go w szczegóły sprawy. A ponieważ podejrzewam, że nie życzycie sobie, by wam przeszkadzano, pokażę wam, jak funkcjonuje przemyślny semafor, który poleciłem zainstalować w drzwiach, jak zapewne państwo zauważyli. Otóż po naciśnięciu tego czerwonego przycisku zapala się światełko w tym samym kolorze, które migocze na zewnątrz, co oznacza, że pod żadnym pozorem nie należy przeszkadzać osobie przebywającej w tym pomieszczeniu. Światło zielone oznacza rzecz dokładnie przeciwną, a światło żółte, by użyć terminu właściwego dla kodeksu drogowego, choć dla mnie ono jest i nazywa się bursztynowe, oznacza, że chociaż przebywający w pomieszczeniu woli dyskretne odosobnienie, nie wyraża sprzeciwu, by poinformować go o rzeczach najwyższej wagi; ocenę pozostawia się użytkownikowi. Jako że posłużą się państwo mechanizmem po raz pierwszy, sugeruję, byście ograniczyli się do czerwonego i zielonego, łatwiejszych w obsłudze. Jeśli potrzebują państwo innych wyjaśnień, mogą zwrócić się do mnie samego lub do pielęgniarki, która stoi tu nadal bezczynnie, trzymając w ręce pustą butelkę bezzwrotną.

I z tymi słowy, podniósłszy się uprzednio i przemierzywszy odległość dzielącą jego fotel od drzwi, które otworzył, odszedł w towarzystwie Pepity, pielęgniarki, z którą, jak podejrzewam, utrzymywał rokujący związek, chociaż, by nie było niedomówień, nigdy nie zaskoczyłem ich *in flagranti*, mimo całych godzin spędzonych na śledzeniu ich marszrut oraz mimo wysłania wielu anonimów małżonce doktora po to tylko, by zdenerwować winnych i sprowokować do popełnienia fałszywego ruchu.

W nastroju, w jakim się znajdowałem, zamiast uczynić to, co uczyniłaby na moim miejscu każda normalna osoba, to znaczy oddać wszystko za możliwość pobawienia się semaforem, powstrzymałem się od zaproponowania takiej transakcji i pozwoliłem, by komisarz Flores uruchomił semafor wedle swego widzimisię, co zrobiwszy, powrócił na fotel i powiedział:

– Nie wiem, czy pamiętasz – zwracał się do mnie – dziwną historię, która wydarzyła się sześć lat temu w szkole San Gervasio prowadzonej przez lazarystki. Skup się.

Nie musiałem, ponieważ na pamiątkę tej historii pozostała mi w ustach dziura po zębie trzonowym, który wybił mi sam komisarz Flores, przekonany, że pozbawiony zęba trzonowego udzielę mu informacji, której na moje nieszczęście nie posiadałem, ponieważ gdybym był w jej posiadaniu, byłbym teraz także w posiadaniu zęba trzonowego, bez którego jednak musiałem się od tego czasu obejść, jako że zabiegi protetyczne leżą poza zasięgiem moich możliwości finansowych, w związku z czym i ponieważ moja znajomość sprawy była wówczas rzeczywiście nikła, poprosiłem, by zechciał wprowadzić mnie w jej szczegóły, w zamian za co obiecywałem maksymalną współpracę. To wszystko powiedziałem z mocno zaciśniętymi wargami, aby nie dopuścić do tego, żeby widok otworu pozostawionego przez nieobecny ząb trzonowy zachęcił komisarza do postąpienia w tym samym stylu co niegdyś, na co komisarz poprosił zakonnicę, która, choć nie odzywała się ani słowem, ciągle tu była, o pozwolenie na zapalenie cygara habano w celu wypalenia go, po uzyskaniu tegoż pozwolenia zapalił tamtoż cygaro, po czym rozparł się w fotelu, wypuścił kilka kółek dymu i rozpoczął opowieść stanowiącą treść drugiego rozdziału.

Rozdział II

Opowieść komisarza

– Szkoła lazarystek, o czym zapewne nie wiesz – zaczął komisarz, obserwując, jak cena cygara ulatnia się z dymem – mieści się przy spokojnej, stromej uliczce, jednej z tych, które wiją się po arystokratycznej dzielnicy San Gervasio, dziś już niezbyt modnej, i szczyci się tym, że rekrutuje swoje wychowanki spośród najlepszych rodzin Barcelony; oczywiście prowadzi działalność lukratywną. Proszę mnie poprawić, wielebna matko, jeśli coś przekręcę. Szkoła, rzecz jasna, jest wyłącznie żeńska i działa na zasadzie internatu. Aby dopełnić obrazu, powiem jeszcze, że wszystkie uczennice noszą popielate mundurki, specjalnie zaprojektowane tak, aby ukryć pierwsze krągłości ich ciał. Wokół całej instytucji roztacza się aura niezmąconej szacowności. Nadążasz?

Powiedziałem, że tak, chociaż miałem co do tego pewne wątpliwości, ponieważ zżerała mnie chęć wysłuchania wulgarnej części opowieści, która, jak sądziłem, była tuż-tuż, lecz do której, wolę uczciwie uprzedzić, w końcu nie doszło.

– Tak czy owak – kontynuował komisarz Flores – rankiem siódmego kwietnia tego roku minus sześć lat, to znaczy w roku 1971, osoba odpowiedzialna za sprawdzenie, czy wszystkie uczennice wstały, umyły się, uczesały, ubrały i przygotowały do uczestnictwa w najświętszym sakramencie mszy, zorientowała się, że jednej uczennicy brakuje. Zapytała o nią jej koleżanki, które nie potrafiły wyjaśnić powodów nieobecności. Udała się do sypialni i zastała puste łóżko. Przeszukała łazienkę i inne pomieszczenia. Objęła śledztwem najdalsze zakamarki internatu. Na próżno. Uczennica znikła bez śladu. Z rzeczy osobistych brakowało tylko ubrania, które miała na sobie tej nocy, to jest koszuli nocnej. Na stoliku znaleziono zegarek zaginionej, kolczyki z hodowlanych pereł oraz kieszonkowe, jakie otrzymywała na zakup słodyczy w mieszczącym się w gmachu szkoły sklepiku prowadzonym przez same zakonnice. Osoba, o której mowa, zaniepokojona, poinformowała o wydarzeniu matkę przełożoną, a ta z kolei dała znać całemu zgromadzeniu. Ponownie przeszukano gmach, bez powodzenia. Mniej więcej o dziesiątej rano poinformowano rodziców zaginionej, a po krótkiej naradzie oddano sprawę w ręce, czy raczej pięści, policji, te same, które tu widzisz i które wybiły ci ząb trzonowy.

Z chyżością charakterystyczną dla sił porządkowych epoki prepostfrankistowskiej stawiłem się w szkole we własnej osobie, przeprowadziłem przesłuchania, jakie uznałem za stosowne, wróciłem na komendę, poleciłem sprowadzić garść konfidentów, wśród których miałeś szczęście znaleźć się i ty, nędzny donosicielu, i wydobyłem z nich zręcznie wszystkie informacje, jakie posiadali. Gdy zapadł zmrok, doszedłem do wniosku, że sprawa nie ma logicznego wyjaśnienia. Jak uczennica mogła wstać o północy i sforsować zamek sypialni, nie budząc żadnej z koleżanek? Jak udało jej się przeniknąć przez zamknięte drzwi oddzielające sypialnię od ogrodu, w liczbie, jeśli moje kalkulacje są prawidłowe, czterech lub pięciu, w zależności od tego, czy przechodzi się przez toaletę na pierwszym piętrze czy nie? Jak mogła przebyć ogród po ciemku, nie pozostawiając śladów na ziemi, nie depcząc kwiatów, a co najdziwniejsze, nie zwracając uwagi dwóch brytanów, które zakonnice co noc spuszczają ze smyczy po odprawieniu ostatnich modłów? Jak mogła pokonać czterometrowej wysokości ogrodzenie zakończone ostrymi kolcami albo równie czterometrowe mury najeżone kawałkami szkła i pasmem drutu kolczastego?

– No jak? – zapytałem, w najwyższym stopniu zaintrygowany.

– Tajemnica – odparł komisarz, strząsając popiół z cygara na dywan, jako że, jak już nadmieniłem, popielniczka i stojak z brązu zostały usunięte z gabinetu lata temu, a doktor Sugrañes nie palił. – Ale rzecz nie zakończyła się na tym, gdyż w przeciwnym razie nie poświęciłbym jej teraz tyle czasu.

Moje śledztwo dopiero się zaczynało, przy czym wyglądało na to, że od początku toczy się niewłaściwym torem, gdy otrzymałem telefon od matki przełożonej, oczywiście nie tej, którą tu widzisz – wskazał kciukiem zakonnicę słuchającą go w milczeniu – lecz innej, leciwszej i, z całym należnym szacunkiem, nieco przygłupiej, która poprosiła mnie, bym powrócił do szkoły, gdyż pilnie chce ze mną pomówić. Zapomniałem chyba wspomnieć, iż ta rozmowa telefoniczna odbyła się rankiem dnia następującego po dniu zniknięcia dziewczynki, czy to jasne? Dobrze. Więc jak już zacząłem mówić, wskoczyłem do wozu patrolowego, uruchomiłem syrenę i potrząsając groźnie wystawioną za okno pięścią, pokonałem trasę między Vía Layetana a San Gervasio w zaledwie pół godziny, co graniczyło z cudem, jako że aleja Diagonal była całkiem zapchana.

Przekroczywszy próg gabinetu matki przełożonej, stanąłem twarzą w twarz z małżeństwem, mężczyzną i kobietą sprawiającymi wrażenie dystyngowanych i zamożnych, którzy na moją prośbę przedstawili się jako ojciec i matka zaginionej i którzy następnie polecili mi, z racji

19

prerogatyw związanych z ich statusem rodziców, bym natychmiast zaprzestał śledztwa, a matka przełożona potwierdziła owo polecenie w sposób bardziej energiczny, chociaż nikt nie prosił jej o zdanie. Ryzykując hipotezę, że porywacze dziewczynki zalecili rodzicom, zastraszając ich Bóg wie jak, taką postawę, i świadom, choć z niejasnych przyczyn, że postawa ta jest w najwyższym stopniu niewłaściwa, nalegałem, by ją porzucili. „Pan – zagroził mi ojciec dziewczynki buńczucznym tonem, wytłumaczalnym jedynie dalekim pokrewieństwem z Jego Ekscelencją – niech zajmie się swoimi sprawami, a ja zajmę się moimi". „Postępując w taki sposób – ostrzegłem go stanowczo w drodze do drzwi – nigdy nie odnajdzie pan córuchny".

„Córuchna – uciął ojciec – została już odnaleziona. Może pan wracać do swoich spraw", co też uczyniłem.

– Czy mogę zadać panu pytanie, panie komisarzu? – zapytałem.

– To zależy – odrzekł komisarz, krzywiąc się niemiłosiernie.

– Ile latek miała wspomniana dziewczynka w momencie zniknięcia?

Komisarz Flores spojrzał na zakonnicę, a ta poruszyła brwiami na znak przyzwolenia. Komisarz odchrząknął i powiedział:

– Czternaście.

– Dziękuję, panie komisarzu. Niech pan będzie łaskaw mówić dalej.

– Wolę, by dla jasności wywodu – powiedział komisarz – zabrała teraz głos wielebna matka.

Zabrała go tak skwapliwie, iż uznałem, że chęć mówienia zżerała ją od dłuższej chwili.

– Według informacji, które otrzymałam – powiedziała – jako że sama nie brałam udziału w opisywanych wydarzeniach, gdyż w czasie, gdy się rozgrywały, prowadziłam dom dla zakonnic zbyt starych lub zbyt młodych w prowincji Albacete, decyzja ucięcia śledztwa w zarodku, aborcji, rzekłabym, gdyby termin ów nie posiadał tak polemicznych konotacji, wypłynęła od rodziców zaginionej i początkowo napotkała opór ówczesnej przełożonej, niewiasty, nawiasem mówiąc, wielkiego talentu i charakteru, troszczącej się nie tylko o los dziewczynki, lecz także o reputację szkoły. Jednakże jej protesty nie zdały się na nic wobec determinacji rodziców, którzy wysunęli nieodparte argumenty, takie jak władza rodzicielska oraz wysokość rocznych datków na rzecz szkoły wpłacanych regularnie z okazji Narodzenia Ubogiego, Tygodnia Opieki nad Sierotami oraz Dnia Założyciela, który notabene przypada w przyszłym tygodniu.

Zachowując zatem swe obawy dla siebie, matka przełożona przychyliła się do prośby i zaklęła wspólnotę i pozostałe dziewczynki, by zachowały całkowite milczenie na temat tego, co zaszło.

– Proszę mi wybaczyć wtrącenie, matko – wtrąciłem – ale pragnąłbym, by wyjaśniła mi matka pewien punkt: czy dziewczynka rzeczywiście się odnalazła?

Zakonnica otwierała właśnie usta do odpowiedzi, gdy daleki dźwięk dzwonów przypomniał jej, która jest godzina.

– Wybiła dwunasta – powiedziała. – Czy będzie przeszkadzać panom, jeśli przerwę mą opowieść i zmówię Anioł Pański?

Powiedzieliśmy, że absolutnie nie.

– Proszę być tak dobrym i zgasić cygaro – poprosiła komisarza. Skupiła się i wymamrotała kilka modlitw, po czym powiedziała: – Może już pan ponownie zapalić cygaro. O co mnie pan pytał?

– Czy dziewczynka się odnalazła.

– Ach, tak. F szeczy samej – stwierdziła, wymawiając niektóre słowa w sposób zdradzający jej skromne pochodzenie – rankiem następnego dnia, przy czym cała wspólnota nie omieszkała poprzedniej nocy poprosić o cud

21

Matkę Boską z Carmen, której poświęcone szkaplerze, notabene, mam przy sobie, na wypadek gdyby zechcieli panowie je nabyć, uczennice zauważyły z najwyższym zdziwieniem, że ich zaginiona koleżanka ponownie zajmuje przynależne jej łóżko, wstaje wespół z innymi dziewczętami i przystępuje do codziennej tualety, a następnie, już ubrana, staje wraz z nimi w szeregu przed kaplicą, jak gdyby nie wydarzyło się nic niezwykłego. Uczennice, stosując się do otrzymanych instrukcji, zachowały najdalej posuniętą rezerwę, w przeciwieństwie do osoby odpowiedzialnej za sprawdzenie, czy wszystkie uczennice wstały, umyły się, uczesały, ubrały i przygotowały do uczestnictwa w najświętszym sakramencie mszy, innymi słowy, w przeciwieństwie do siostry wychowawczyni, gdyż takim mianem określamy osobę zajmującą się tym wszystkim, co wymieniłam, która to siostra wychowawczyni chwyciła odnalezioną za rękę, a może za ucho, i pobiegła do gabinetu przełożonej, wybitnej osobowości, która także nie mogła uwierzyć swoim oczom i uszom. Oczywiście przełożona chciała usłyszeć z ust samej zainteresowanej, co się wydarzyło, lecz ta nie była w stanie odpowiedzieć na jej pytania. Nie wiedziała, o czym jest mowa. Doświadczenie w postępowaniu z uczennicami oraz nietuzinkowa ogólna znajomość natury ludzkiej pozwoliły przełożonej zorientować się, że dziewczynka nie kłamie i że mają do czynienia z przypadkiem częściowej amnezji. Nie pozostało jej nic innego jak wezwać rodziców odnalezionej i poinformować ich o sytuacji. Rodzice przybyli bezzwłocznie do szkoły i odbyli z córką długą i ożywioną rozmowę na osobności, po której zakończeniu ponownie wyrazili wolę zamknięcia całej sprawy, nie podając jednakowoż powodów takiej decyzji. Przełożona zaakceptowała narzucone rozwiązanie, lecz ze swojej strony oznajmiła, iż w obliczu powyższego musi poprosić rodziców dziewczynki, by zaopiekowali się nią sami, ponieważ nie może przyjąć jej ponownie do swojej szkoły, i zasugerowała inną, świecką placówkę, do której zazwyczaj wysyłamy uczennice nieco opóźnione lub niepoprawnie krnąbrne. I tak zakończyła się sprawa zaginionej dziewczynki.

Zakonnica zamilkła i w gabinecie doktora Sugrañesa zapadła cisza. Zastanawiałem się, czy rzeczywiście na tym koniec. Nie wydawało się logiczne, by dwie obecne tu osoby, obie obarczone nawałem obowiązków, traciły czas i ślinę na opowiadanie mi historii z przeszłości. Chciałem zachęcić je do kontynuowania opowieści, ale udało mi się tylko zrobić straszliwego zeza. Zakonnica zdusiła w sobie krzyk, a komisarz cisnął niedopałek cygara za okno. Upłynęła kolejna krępująca minuta, po czym niedopałek cygara wpadł do gabinetu równie doskonałym łukiem, rzucony celnie przez jednego z chorych, przekonanego zapewne, iż chodzi o zadanie, którego sprawne rozwiązanie może przynieść mu wolność.

Po incydencie z cygarem i wymianie porozumiewawczych spojrzeń między komisarzem a zakonnicą, ten pierwszy wyszeptał kilka słów tak cicho, że nie dosłyszałem, co mówi. Poprosiłem go, by zechciał powtórzyć i, jeśli rzeczywiście to zrobił, słowa te brzmiały:

– To wydarzyło się znowu.

– Co się wydarzyło? – zapytałem.

– Znikła dziewczynka.

– Inna czy ta sama?

– Inna, kretynie – powiedział komisarz. – Nie słyszałeś, że ta pierwsza została usunięta ze szkoły?

– Kiedy to się stało?

– Wczoraj w nocy.

– W jakich okolicznościach?

– Dokładnie takich samych, z tym, że wszystkie postaci są inne: zaginiona dziewczynka, jej koleżanki, siostra wychowawczyni, czy jak ją nazywają, i przełożona, co do której wycofuję moją niepochlebną opinię.

– Rodzice dziewczynki też są inni?

– Rodzice też są inni, jasne.

– Nie takie jasne. Mogło chodzić o młodszą siostrę pierwszej.

Komisarz z godnością przyjął cios wymierzony w jego dumę.

– Mogłoby, ale nie chodzi – skwitował. – Nie można natomiast zaprzeczyć, że sprawa, jeśli stoimy w obliczu dwóch epizodów tej samej sprawy, lub też sprawy, jeśli mamy do czynienia z dwiema sprawami, wydzielają dość brzydki zapaszek. Podobnie nie ulega wątpliwości, że zarówno ja, jak i obecna tu wielebna matka gorąco pragniemy, by sprawa lub sprawy zostały rychło rozstrzygnięte, pomyślnie i z uniknięciem skandalu, który mógłby rzucić cień na którąkolwiek z instytucji przez nas reprezentowanych. Potrzebujemy zatem osoby znającej pewne warstwy naszego społeczeństwa, której imię mogłoby zostać zaszargane bez niczyjej szkody, osoby zdolnej do wykonania tej roboty za nas i której moglibyśmy, gdy nadejdzie stosowny moment, bez trudu się pozbyć. Z pewnością nie zdziwisz się, słysząc, że ty jesteś tą osobą. Już wcześniej zasugerowaliśmy ci, jakie korzyści mogą wypłynąć z dyskretnego i skutecznego działania, a co do oceny konsekwencji przypadkowego lub umyślnego błędu, pozostawiam ją twojej wyobraźni. Będziesz trzymał się z daleka od szkoły i od rodziny zaginionej, której nazwiska nie podamy ci ze względów bezpieczeństwa; wszelkie uzyskane informacje bezzwłocznie przekażesz mnie i tylko mnie; nie podejmiesz żadnych działań z wyjątkiem tych, które ci zasugeruję lub nakażę, w zależności od humoru, a każde odstępstwo od powyższych instrukcji przypłacisz narażeniem się na mój gniew i zwyczajowe formy jego wyładowania. Czy wyrażam się dostatecznie jasno?

Owo nikczemne i złowieszcze ostrzeżenie, na które odpowiedzi z mojej strony nikt nie oczekiwał, najwyraźniej stanowiło zwieńczenie naszej pogawędki, gdyż komisarz ponownie wcisnął przycisk semafora. Doktor Sugrañes pojawił się, nie zwlekając, przy czym nos podpowiadał mi, że czas wolny wykorzystał na pofolgowanie sobie z pielęgniarką.

– Wszystko gotowe, doktorze – oznajmił komisarz. – Zabieramy tę, ehem, ehem, perłę i w stosownym momencie poinformujemy pana o wynikach tego interesującego eksperymentu psychopatycznego. Wielkie dzięki za łaskawą współpracę, życzę zdrowia. A ty co, ogłuchłeś? – Zbędne jest wyjaśnianie, że słowa te były skierowane do mnie, nie do doktora Sugrañesa. – Nie widzisz, że wychodzimy?

To rzekłszy, opuścili gabinet, nie dając mi nawet okazji do wzięcia ani nielicznych rzeczy osobistych, co nie stanowiło wielkiej straty, ani, co gorsza, prysznica, wobec czego fetor mojego potu wkrótce wypełnił wnętrze radiowozu, który wśród klaksonów, wycia syreny i zgrzytu skrzyni biegów dowiózł nas w nieco ponad godzinę do centrum miasta, a także do końca tego rozdziału.

Rozdział III

Spotkanie po latach, nowa znajomość i podróż

Wyproszono mnie z radiowozu celnym kopniakiem w momencie, gdy w najlepsze kontemplowałem ruch na ulicach Barcelony, z dala od której pozostawałem przez całe pięć lat. Wylądowałem z impetem przed fontanną Canaletas i entuzjastycznie pośpieszyłem ku niej, by zaczerpnąć z jej chlorowanych wód. Muszę wtrącić teraz akcent osobisty: moim pierwszym uczuciem, jako osoby wolnej i pana swoich czynów, była radość. Jednakże szybko opadły mnie najróżniejsze obawy, gdy uświadomiłem sobie, że nie posiadam przyjaciół, pieniędzy, dachu nad głową ani ubrania poza tym, które miałem na sobie, to jest klejącej się od brudu szpitalnej piżamy w paski, i żadnej przyszłości poza perspektywą zleconej mi misji, najeżonej, jak przeczuwałem, niebezpieczeństwami i trudami.

Jako pierwsze zadanie postawiłem sobie zjedzenie czegoś, ponieważ było już grubo po południu, a ja od śniadania nie miałem nic w ustach. Pogrzebałem w pobliskich koszach na śmieci i pod drzewami i bez większego wysiłku znalazłem pół kanapki, czy też, jak się mówi obecnie, burgera, co wywnioskowałem z napisu na papierowej torebce, którą jakiś cierpiący na niestrawność przechodzień wyrzucił wraz z zawartością. Rzeczonego burgera łapczywie pożarłem, choć był nieco gorzkawy w smaku i lepki w dotyku. Odzyskawszy siły, ruszyłem powoli w dół Rambli, podziwiając po drodze malownicze i tandetne drobiazgi rozłożone przez handlarzy wprost na bruku i oczekując na zapadnięcie nocy, którą zwiastowała nieobecność słońca na firmamencie.

W wesołych barach prostytutek w Chińskiej Dzielnicy było gwarno i rojno, gdy dotarłem do celu: klitki pod szyldem Leashes American Bar, znanej raczej jako El Leches, mieszczącej się w piwnicy na rogu Vía Robador, gdzie zamierzałem nawiązać pierwszy i najbardziej obiecujący kontakt. Przyszło mi to bez trudu, gdyż zaledwie przekroczyłem próg, a moje źrenice przywykły do ciemności, wyśledziłem przy jednym ze stolików złote włosy i nieco zielonkawe plecy kobiety, która, zwrócona do mnie tyłem, nie dostrzegła mojej obecności i kontynuowała czyszczenie uszu wykałaczką z gatunku tych, jakie zazwyczaj pogryzają konduktorzy i inni urzędnicy. Gdy jednak znalazłem się w zasięgu jej wzroku, otworzyła oczy tak szeroko, że sztuczne rzęsy nieomal przykleiły jej się do czoła i rozdziawiła usta, co pozwoliło mi policzyć wszystkiej dziury w jej zębach.

– Cześć, Cándida – powiedziałem, gdyż tak właśnie brzmi imię mojej siostry, czyli damy, do której się zwracałem. – Kopę lat. – Wypowiadając te słowa, musiałem zmusić się do uśmiechu; bolesnego, gdyż widok spustoszeń, jakie czas i życie poczyniły na jej twarzy, wycisnął mi z ócz łzy współczucia. Ktoś kiedyś, gdy była nastolatką, i Bóg wie, w jakim celu, powiedział mojej siostrze, że jest podobna do Juanity Reiny. Biedaczka uwierzyła i dzisiaj jeszcze, trzydzieści lat później, żyje uczepiona tego złudzenia. A było to tylko złudzenie, gdyż Juanita Reina, jeśli mnie pamięć nie myli, była kobietą wielkiej urody i klasy, moja siostra zaś, co oświadczam bezstronnie i beznamiętnie, przymiotów tych nie posiada. Posiada za to inne, a to: czoło wypukłe i pofałdowane, malutkie oczka, ze skłonnością do zeza, gdy jest czymś przejęta, nos perkaty, świński, usta ruchliwe, skrzywione, zęby nierówne, wystające i żółte. O ciele lepiej nie mówić – na zawsze zachowało ślady porodu, pośpiesznego i partackiego, który odbył się na zapleczu sklepu żelaznego, gdzie matka moja usiłowała desperacko pozbyć się płodu, czego rezultatem był trapezoidalny tułów, nieproporcjonalnie wielki w stosunku do krótkich i pałąkowatych kończyn. Dysproporcja ta nadawała mojej siostrze wygląd wyrośniętego karła, jak to trafnie ujął, z nieczułością artysty, fotograf, który odmówił zrobienia jej zdjęcia w dniu Pierwszej Komunii pod pretekstem, że przyniosłoby ujmę jego obiektywowi. – Jesteś młoda i śliczna jak nigdy.

– O kurde i przekurde! – brzmiała jej odpowiedź. – Zwiałeś z wariatkowa!

– Mylisz się, Cándida, wypuścili mnie. Mogę się przysiąść?

– Nie.

– Wypuścili mnie dziś po południu i zadałem sobie pytanie: od czego zacznę nowe życie? Czego najbardziej pragnie moje serce?

– Obiecałam zapalić świeczkę świętej Rosie, jeśli zostaniesz tam do końca życia – westchnęła. – Jadłeś kolację? Jeśli nie, możesz zamówić kanapkę przy barze i powiedzieć, żeby doliczyli ją do mojego rachunku. Ale nie dam ci ani grosza, uprzedzam.

Mimo pozornej oziębłości moja siostra bardzo mnie kochała. Zawsze byłem dla niej, jak podejrzewam, synem, którego gorąco pragnęła, a którego nigdy nie mogła mieć, ponieważ z powodu już to wrodzonej deformacji, już to przeciwności życiowych, na przeszkodzie jej macierzyństwu stała seria wewnętrznych jam łączących bezpośrednio jej macicę, śledzionę i okrężnicę, powodujących, że organy jej funkcjonowały nader chaotycznie, nieprzewidywalnie i w sposób wymykający się wszelkiej kontroli.

– Nawet bym cię o to nie prosił, Cándida.

– Wyglądasz okropnie – powiedziała.

– Bo nie udało mi się wziąć prysznica po meczu.

– Nie chodzi mi tylko o zapach. – Zamilkła na chwilę, którą uznałem za poświęconą refleksji nad nieubłaganym upływem lat, w którego żarłocznych szczękach ginie nasza ulotna młodość. – Ale zanim pójdziesz ze swoją śpiewką do kogoś innego, wyjaśnij mi jedną rzecz: skoro nie chcesz pieniędzy, to po coś przyszedł?

– Przede wszystkim, żeby zobaczyć, jak ci się wiedzie. A stwierdziwszy, że wyglądasz nienagannie, chciałem poprosić cię o drobniutką przysługę, którą nawet trudno nazwać takową.

– Do widzenia – powiedziała, machając tłustą ręką miejscami pożółkłą od nikotyny, miejscami zaś zieloną od zaśniedziałej biżuterii.

– Mało istotną informację, która ciebie nie będzie kosztować nic a nic, a mnie może wyrządzić dużo dobrego. A nawet nie tyle informację, ile plotkę, niegroźną nowinę...

– Znowu zadajesz się z komisarzem Floresem, co?

– Ależ nie, kobieto, skąd ci to przyszło do głowy? To tylko czysta ciekawość, nic więcej. Dziewczynka... no ta ze szkoły San Gervasio, jakże się nazywa? Pisali o niej w gazetach... Ta, która zaginęła kilka dni temu... Wiesz, o kim mówię?

– Nic nie wiem. A nawet jak bym wiedziała, nie powiedziałabym ci. To cuchnąca sprawa. Flores jest w to wplątany?

– Potąd – powiedziałem, kładąc dłoń na mojej szczeciniastej fryzurze, gęsto przetykanej, aj, siwymi włosami.

– Czyli sprawa jest jeszcze bardziej cuchnąca, niż mi powiedziano. Co z tego będziesz miał?

– Wolność.

– Wracaj do domu wariatów. Dach nad głową, łóżko i trzy posiłki dziennie, czego jeszcze ci trzeba? – Gruba warstwa makijażu nie była w stanie przysłonić wyrazu niepokoju, jaki ukazał się na jej twarzy.

– Pozwól mi spróbować.

– Mam głęboko gdzieś, co się stanie z tobą, ale ja nie chcę kłopotów. I nie mów mi, że tym razem na pewno tak nie będzie, bo od dnia swoich urodzin komplikujesz mi życie. A ja mam już tego dość. Idź sobie. Czekam na klienta.

– Na pewno masz ich całe tłumy – stwierdziłem, pamiętając, że moja siostra jest bardzo czuła na pochlebstwa, być może dlatego, że życie nie rozpieszczało jej zanadto. Gdy miała dziewięć lat, nie pozwolono jej zaśpiewać *Ave Maria*, zapamiętanego po sześciu miesiącach wyczerpującego wysiłku, podczas akcji charytatywnej Radia Nacional, mimo anonimowości właściwej temu środkowi przekazu i przyzwoitego datku złożonego przez Cándidę, która bardzo się napracowała, żeby zgromadzić całą kwotę, sprzedając w tym celu widok swoich słoniowatych pośladków starym i półślepym pedałom z domu starców San Rafael, którzy o zmierzchu brali ją za ubogiego i ustępliwego rekruta z pobliskich koszar w Pedralbes. Nie dałem za wygraną: – Nie naprowadzisz mnie choć na jeden trop, aniele?

Wiedziałem, że nie ma zamiaru mi pomóc, ale chciałem zyskać na czasie, bo jeśli rzeczywiście czekała na klienta, mogła puścić parę z ust po to tylko, by się mnie pozbyć. Nudziłem więc dalej, przeplatając błagania groźbami. Siostra zeźliła się w końcu i wylała mi na spodnie cacaolat z lodem, który popijała z wysokiej szklanki, jak long drinka, z czego wywnioskowałem, że oto nadszedł jej klient, i odwróciłem się, żeby zobaczyć, któż zacz.

A był to, wielka rzadkość wśród klienteli mojej siostry, człowiek młody, krzepki, o figurze pośredniej między smukłą a pulchną, taki, by tak rzec, toreador z lekkim brzuszkiem. Jego przyjemną twarz szpeciła nieokreśloność, jakby był latoroślą na przykład dziarskiego piłkarza Kubali i Pięknej Dorit o aksamitnym głosie. Chwacki wygląd oraz ubiór niestosowny w naszym klimacie wskazywały na profesję marynarza, a słomkowe włosy i jasne oczy – na narodowość cudzoziemską, być może szwedzką. Wiedziałem zresztą, że siostra moja często rekrutuje swych stałych klientów spośród ludzi morza, którzy, jako przybysze z dalekich ziem, uważają biedaczkę za osobę egzotyczną, a nie stukniętą, jaką jest naprawdę.

W tym punkcie moich obserwacji Cándida stała już przy marynarzu i tuliła się do niego, nie zwracając uwagi na kuksańce, którymi ów usiłował utrzymać dystans. Postanowiłem wykorzystać sposobność, jaką podsuwał mi los, i poklepałem twarde jak skała ramię nowo przybyłego, przybierając zarazem pozę światowca, co zwykle czynię w takich okolicznościach.

– Me Cándida, sisters – powiedziałem, odwołując się do mojego angielskiego, cokolwiek zardzewiałego od rzadkiego użycia. – Cándida, me sister, big fart. No, no big fart: big fuck. Strong. Not expensive. Hę?

– Stul dziób, Richard Burton – odrzekł nieelegancko marynarz.

Mówił dobrze po hiszpańsku, skubany, nawet z lekkim akcentem aragońskim, co poczytałem mu za zasługę, zważywszy, że był Szwedem.

Siostra wykonała na moją cześć kilka gestów, które odczytałem jako: spadaj albo wydrapię ci oczy. Nie miałem tu już nic do roboty. Pożegnałem się kurtuazyjnie ze szczęśliwą parą i opuściłem lokal. Początki nie były zachęcające, ale czyż zwykle bywa inaczej? Postanowiłem nie poddawać się zniechęceniu i poszukać miejsca na nocleg. Znałem całe mnóstwo niedrogich pensjonatów, nie tak jednak niedrogich, bym mógł tam się udać bez grosza przy duszy, wobec czego wybrałem powrót na Plaza Cataluña i popróbowanie szczęścia w metrze. Niebo zasnuwały chmury, a w oddali grzmiało.

Stacja była zatłoczona ludźmi, którzy wyszli właśnie z kin i teatrów, zatem prześliznąłem się na peron bez najmniejszego problemu. Wskoczyłem do pierwszego pociągu, jaki nadjechał, ułożyłem się wygodnie na siedzeniu pierwszej klasy i spróbowałem zasnąć. Na stacji Provenza wsiadło kilku młodziutkich i podpitych chuliganów, którzy zaczęli zabawiać się moim kosztem. Udałem głupiego i pozwoliłem, by mi podokuczali. Zanim wysiedli na Tres Torres, rąbnąłem im zegarek, dwa długopisy i portfel. Portfel zawierał tylko dowód osobisty, zdjęcie dziewczyny i kilka kart kredytowych. Wyrzuciłem go wraz z zawartością na tory w miejscu, które uznałem za niedostępne, aby dać właścicielowi nauczkę. Zegarek i dwa długopisy zatrzymałem z wielką radością, bo mogłem zapłacić nimi za nocleg, wyspać się w pościeli i zafundować sobie wreszcie porządny prysznic.

Pociąg tymczasem dojechał do końcowej stacji. Zdałem sobie wówczas sprawę, że jestem niedaleko prowadzonej przez siostry lazarystki szkoły San Gervasio i pomyślałem, że dobrze byłoby powęszyć po okolicy, wbrew zaleceniom i ostrzeżeniom komisarza Floresa. Gdy wyszedłem na ulicę, zaczęło mżyć. W koszu na śmieci zobaczyłem „Vanguardię" i osłoniłem się nią jak parasolem.

Chociaż pochlebiam sobie, że nieźle znam Barcelonę, kilka razy zgubiłem drogę – pięć lat w odosobnieniu przytłumiło mój zmysł orientacji. Cały przemoczony dotarłem do bramy i stwierdziłem, że opis komisarza był nadzwyczaj ścisły; zarówno rzeczona brama, jak i mury wydawały się, w rzeczy samej, nie do pokonania, chociaż nachylenie ulicy sprawiało, że mur był nieco niższy w tylnej części posesji. Zanim jednak zdążyłem wyciągnąć kolejne wnioski, wydarzyło się coś nieprzyjemnego. Moja dyskretna obecność nie przeszła niezauważona. Wspomniane przez komisarza brytany w liczbie dwóch wsunęły swe straszliwe pyski między pręty, wydając pomruki niezadowolenia, a może nawet obrzuciły mnie obelgami i pyszałkowatymi groźbami w owym języku zwierząt, który na próżno próbuje rozszyfrować nauka. Gmach zajmujący środek ogrodu był duży i sprawiał wrażenie szpetnego, choć przyznaję, że ulewny deszcz i gęstniejące ciemności mogły zakłócić mój sąd. Okna były niewielkie, z wyjątkiem kilku pionowych i wydłużonych, które uznałem za okna kaplicy; odległość nie pozwoliła mi ocenić, czy przedostałoby się przez nie wątłe ciało, takie jak ciało małoletniej czy też moje własne. Przez jeden z dwóch kominów mogłaby się przecisnąć jakaś bardzo drobna osoba, gdyby nie to, że oba mieściły się na szczycie nader stromego dachu. Sąsiednie domy były równie wysokie, otoczone ogrodami i kępami drzew. Zanotowałem to wszystko w pamięci i uznałem, że nadszedł moment udania się na zasłużony odpoczynek.

Rozdział IV

Inwentaryzacja w hotelu Cúpido

Mimo późnej godziny kafejki przy Ramblach były za-
tłoczone, w przeciwieństwie do chodników, z uwagi na
deszcz, który lał jak z cebra. Poczułem się pewniej, widząc,
że w ciągu pięciu lat miasto nie zmieniło się zbytnio.
Pensjonat, do którego skierowałem swe kroki, mieścił
się w samym centrum, przy zakręcie Vía Tapias, i rekla-
mował się następująco: HOTEL CÚPIDO, pełny kom-
fort, bidet we wszystkich pokojach. Recepcjonista chra-
pał jak zabity, a gdy go obudziłem, wpadł w furię. Miał
tylko jedno oko i skłonności do bluzgarstwa i bluźnier-
stwa. Nie od razu przystał na zamianę zegarka i długopi-
sów na pokój z oknem i to tylko na trzy noce. Gdy prote-
stowałem przeciw tak niekorzystnym warunkom, wysunął argument, że niestabilność polityczna spowodowała
spadek liczby turystów i prywatnych inwestycji w stolicy
Katalonii. Odrzekłem, iż gdyby czynniki te wywarły nie-
korzystny wpływ na przemysł hotelarski, wywarłyby go
także na przemysł zegarmistrzowski i przemysł długopi-
siarski, czy jakkolwiek inaczej by go nazwać, na co jednooki odparł, że ma to gdzieś, że trzy noce to jego ostatnie słowo i że zgadzam się albo spadam. Oferta stanowiła jawne nadużycie, lecz nie pozostało mi nic innego,
jak ją przyjąć. Pokój, który mi się trafił, wyglądał jak chlew

i cuchnął moczem. Pościel była tak brudna, że musiałem się zdrowo namęczyć, by oderwać jedno prześcieradło od drugiego. Pod poduszką znalazłem dziurawą skarpetkę. Wspólna łazienka przypominała basen, ubikacja i umywalka były zatkane, a tę ostatnią wypełniała oślizgła substancja o barwach tęczy, raj dla much. Wzięcie prysznica nie wchodziło w rachubę. Wróciłem do pokoju. Zza ścianki działowej dochodziły odgłosy spluwania, sapanie, a sporadycznie także pierdnięcia. Powiedziałem sobie, że gdybym kiedyś stał się bogaty, jeden jedyny luksus, na który bym sobie pozwolił, to sypianie wyłącznie w przybytkach o co najmniej jednej gwiazdce. Rozdeptując karaluchy biegające po łóżku, nie mogłem nie wspomnieć sali domu wariatów, jakże schludnej, i wyznaję, że odczułem pokusę oddania się tęsknocie. Lecz nie ma wszak większego dobra niż wolność, jak powiadają, i absolutnie nie zamierzałem lekceważyć jej teraz, gdy mogłem się nią cieszyć. Z taką pociechą położyłem się do łóżka i spróbowałem zasnąć, powtarzając sobie w myślach godzinę, o której chciałem się obudzić, gdyż wiem, że podświadomość – oprócz tego, że odziera z uroku nasze dzieciństwo, wypacza uczucia, przypomina to, co pragniemy zapomnieć na zawsze, obnaża naszą nikczemną kondycję, jednym słowem, targa nasze życie na strzępy – gdy przychodzi jej ochota, w ramach rekompensaty, zastępuje budzik.

Usypiałem już, gdy ktoś zaczął dobijać się do drzwi. Na szczęście były one wyposażone w zasuwkę, a ja nie omieszkałem zasunąć jej przed pójściem do łóżka, w związku z czym nocny gość, kimkolwiek by był i jakiekolwiek byłyby jego zamiary, był zmuszony zastosować się do zwyczaju zapukania przed wejściem. Zapytałem, kto zacz, podejrzewając, że jakiś pedał chce uczynić mi atrakcyjną propozycję, być może pieniężną, i w odpowiedzi usłyszałem głos nie całkiem nieznajomy, który mówił:

– Wpuść mnie. Jestem chłopakiem tego pokurcza, twojej siostry.

Uchyliłem nieco drzwi i zobaczyłem, że faktycznie stoi za nimi szwedzki młodzian, którego kilka godzin temu oglądałem u boku mej siostry, choć jego potężnych szczęk nie zdobiła już jasna broda, być może zresztą nigdy jej nie miał, gdyż mimo że nadmieniałem, iż jestem dobrym obserwatorem, niekiedy umykają mi drobiazgi tego typu. Odzież na nim była nieco pomięta.

– W czym mogę panu pomóc? – zapytałem.

– Chcę wejść – stwierdził Szwed drżącym głosem.

Zawahałem się przez moment, po czym wpuściłem go, ponieważ chodziło o klienta siostry, w dodatku samozwącego się jej chłopakiem, a żadną miarą nie chciałem robić sobie z niej wroga. Pomyślałem, że może chce przedyskutować ze mną jakąś sprawę rodzinną, uznając mnie, jako mężczyznę, za osobę idealnie się do tego nadającą. Subtelność ta, choć anachroniczna, i coś w wyglądzie Szweda mówiły mi, że mam przed sobą zacnego człowieka, a szacunku mego nie umniejszyło nawet to, że nocny gość wyciągnął z kieszeni giwerę i wycelował we mnie, sadowiąc się na łóżku. Ja jednak boję się broni – w przeciwnym razie moja przestępcza kariera nie zakończyłaby się tak rychło – i poinformowałem o tym mego rozmówcę.

– Widzę, szanowny panie – wyrzekłem powoli, pomagając sobie gestami i starając się wyraźnie wymawiać każdą głoskę, by bariera językowa nie stała się przeszkodą w obopólnym zrozumieniu – że coś sprawia, iż nie ufa mi pan; być może ma powierzchowność, nierzadko budząca lęk, być może plotka, jedna z tych, do których rozgłaszania skłonne są złe języki. Jednakowoż mogę zakląć się na mój honor, na honor mojej siostry, *sister*, oraz na honor naszej świętej matki, niech Bóg ma ją w swej opiece, że niczego nie musi się pan lękać z mej strony. Cechuje mnie przenikliwość i choć mam przyjemność znać pana tylko powierzchownie, nie omieszkałem zauważyć, że jest pan człowiekiem niezłomnych zasad, wykształconym, prawym, z dobrego rodu, którego może kaprysy fortuny rzuciły w odmęty życia i kazały szukać szerszych horyzontów lub też zapomnienia. Otwartość moja nie uczyniła najmniejszego wyłomu w jego obojętności. Siedział na łóżku nieporuszony, ze wzrokiem utkwionym we mnie i twarzą bez wyrazu, pogrążony zapewne w Bóg wie jakich bolesnych wspomnieniach, wizjach nieopisanych, czarnej melancholii.

– Jest także możliwe, iż powziął pan podejrzenie – ciągnąłem, starając się rozwiać ewentualne domysły oraz zrodzoną z nich urazę i chęć obarczenia mnie winą – że moją *sister* i *me* łączy coś innego niż zwykła więź pokrewieństwa. Na nieszczęście nie leży w mej mocy przedłożenie dokumentów poświadczających to ostatnie, czyli pokrewieństwo, co automatycznie uchroniłoby nas przed snuciem złośliwych przypuszczeń. Nie mogę też przytoczyć, na dowód wspólnoty krwi, podobieństwa fizycznego, gdyż ona śliczną jest, *beautiful*, a ja, biedaczek, bździną, tak jednak często bywa, natura arbitralnie rozdziela swe dary, a największą niesprawiedliwością byłoby kazać mi płacić za to, że w losowaniu poszczęściło mi się mniej niźli innym, nie sądzi pan?

Najwyraźniej nie sądził, gdyż zachował kamienne milczenie. Zdjął za to bluzę, w której zapewne było mu zbyt gorąco, i został w samym podkoszulku, demonstrując herkulesowe kształty klatki piersiowej i muskularnych ramion, na których, co mnie bynajmniej nie zdziwiło, w cudowny sposób pojawiła się Matka Boska z Montserrat. Uznałem, że intensywnie pielęgnuje swą tężyznę fizyczną, zapewne zalicza korespondencyjnie kolejne kursy rozwoju muskulatury i regularnie nabywa sprężyny, gumy i kółeczka, by gimnastykować się w sypialni, więc postanowiłem wybadać pochlebczo tę stronę jego osobowości, którą przypisałem lękowi przed kobietami oraz być może męskiej nieokreśloności.

– Nader nikczemnie by pan postąpił, przyjacielu mój, gdyby wyładował się na mnie, który nie uprawiam żadnego sportu, nie stosuję diety, a grejpfrutów nawet nie biorę do ust, bo mi nie smakują, a na domiar wszystkiego palę, otóż gdyby wyładował się na mnie pan, Tarzan dalekich mórz, skandynawski Maciste, godny następca oklaskiwanego Charlesa Atlasa, którego być może młody wiek nie pozwolił panu poznać, a którego gibkość jaguara tyle płonnych nadziei wzbudziła w sercach ówczesnych chucher, obecnie doszczętnie sflaczałych.

Kierując doń te uspokajające słowa, omiatałem wzrokiem pokój w poszukiwaniu jakiegoś twardego przedmiotu, którym mógłbym przywalić mu w czachę, gdyby moje racje nie zdołały rozwiać jego ostentacyjnej wrogości. Spoglądając pod łóżko, na którym siedział mój arogancki przyszły szwagier, w nadziei, że może znajdę tam nocnik, który będę mógł wykorzystać jako maczugę, a którego, rzecz oczywista, nie było w tym hotelu spod ciemnej gwiazdy, zauważyłem, że między nogami mego gościa utworzyła się kałuża o ciemnej barwie. Przypisałem ją w pierwszej chwili wstydliwej przypadłości niewydolnego zwieracza.

– Nie wykluczam także – ciągnąłem, zauważając, że póki mówię, nie wydaje się skłonny do przejścia do rękoczynów – że widząc nas razem, mógł był pan wysnuć fałszywy wniosek, że jestem sutenerem jego, jeśli pozwoli pan mi tak to ująć, ukochanej Cándidy, *love* – powiedziałem, wtrącałem bowiem co pewien czas angielski zwrot, by ułatwić zrozumienie, które przychodziło mu chyba dość opieszale – lecz powinien pan uwierzyć mi na słowo, jedyną porękę ubogich, że to nieprawda, *mistake*, ponieważ Cándida zawsze obywała się bez owej karygodnej instytucji, krocząc przez życie o własnych siłach, za jedyną pod-

porę mając tylko, wybaczy pan porównanie, doktora Sugrañesa – w tym momencie improwizowałem, jako że sto-
pa mej siostry nigdy nie postała w żadnej przychodni ze
względu na jej wstręt do szpatułki, którą lekarze uporczy-
wie wpychają w usta każdego pacjenta, pragnąc ujrzeć sam
nie wiem co – którego wiedza wiele nieprzyjemności
oszczędziła zarówno jej, jak i jej klientom. I pozwoli pan,
że dodam, iż w całej karierze Cándidy, *me sister*, choć krótkiej, ze względu na nadzwyczaj młody wiek tej ostatniej,
nie uświadczy pan żadnego symptomu trypra, rzeżączki,
syfilisu ani też odmiany znanej jako choroba francuska,
czyli franca, *french*, a gdyby przypadkiem pieścił pan myśl
o sformalizowaniu wobec Boga i ludzi związku, który, jak
przeczuwam, został już sformalizowany w waszych sercach, mogę pana zapewnić, że wybór jego jest całkowicie
trafny i może pan liczyć już nie tylko na mą zgodę, lecz
wręcz na braterskie błogosławieństwo.

Po czym, przywołując na twarz mój najmilszy uśmiech,
podszedłem do niego z otwartymi ramionami, w postawie papieskiej, a jako że Szwed nie wydawał się mieć nic
przeciwko mej wylewności, pochyliłem się nad nim i gdy
tylko znalazłem się w odpowiedniej odległości, zadałem
mu kolanem potężny cios we wstydliwe organy. Wbrew
mej praktyce pod tym względem, rzecz ta nie uczyniła na
nim najmniejszego wrażenia. Siedział w miejscu z szeroko otwartymi oczami, choć nie spoglądał już na mnie, lecz
w nieskończoność, a spomiędzy warg spływała mu zielon-
kawa ślina. Z powyższych szczegółów oraz z tego, że nie
oddycha, wywnioskowałem, że jest martwy. Dokładniej-
sze oględziny pozwoliły mi na stwierdzenie, że stale po-
większająca się kałuża między jego stopami zawiera krew
i że owym drogocennym płynem przesiąknięte są obie no-
gawki jego sztruksowych spodni.

„Cóż za pech – pomyślałem na własny użytek – wyglądał na dobrą partię dla Cándidy".

Lecz to nie sprawa rodzinna powinna była zaprzątać mój umysł w owym momencie, lecz pytanie, jak pozbyć się trupa w sposób dyskretny i ostateczny. Odrzuciłem pomysł wyrzucenia go przez okno, gdyż każdy przechodzień domyśliłby się bez trudu, skąd pochodzi. Wyniesienie go z hotelu drzwiami uznałem na bezsensowne. Zdecydowałem się zatem na najprostsze rozwiązanie, to jest pozostawienie trupa tam, gdzie był, i śpieszne oddalenie się. Przy łucie szczęścia, ten, kto odkryje ów pasztet, pomyśli, że to ja, a nie Szwed. Koniec końców, powiedziałem sobie, recepcjonista ma tylko jedno oko. Przystąpiłem więc do przeszukania kieszeni zwłok i znalazłem w nich, co następuje:

Lewa wewnętrzna kieszeń marynarki – nic.

Prawa wewnętrzna kieszeń marynarki – nic.

Lewa zewnętrzna kieszeń marynarki – nic.

Prawa zewnętrzna kieszeń marynarki – nic.

Lewa kieszeń spodni – pudełko zapałek z nadrukiem galicyjskiej restauracji, banknot o wartości tysiąca peset, pół wypłowiałego biletu do kina.

Prawa kieszeń spodni – foliowa torebka zawierająca: a) trzy torebeczki z białym proszkiem alkaloidycznym, anestezjologicznym i narkotycznym, *vulgo* z kokainą; b) trzy bibułki nasączone kwasem lizergowym; c) trzy pastylki amfetaminy.

Buty – nic.

Skarpetki – nic.

Slipy – nic.

Uszy – nic.

Otwory nosowe, ustny i odbytowy – nic.

Przeprowadzając tę inwentaryzację, stawiałem sobie pytania, które postawiłbym był już wcześniej, gdyby okoliczności pozwoliły mi na refleksję nad całą sytuacją. Kim był w rzeczywistości ów osobnik? Nie miał przy sobie żadnych dokumentów, kalendarzyka, notesu z numerami telefonów, listów, które zazwyczaj wrzucamy do kieszeni z myślą, że odpowiemy na nie przy pierwszej nadarzającej się okazji. Po co przyszedł do mojego pokoju? Biorąc pod uwagę jego agonalny stan, hipotetyczne zainteresowanie moją siostrą nie wydało mi się właściwym motywem. Skąd wiedział, gdzie mnie szukać? Dopiero bardzo późną nocą znalazłem tymczasowe lokum; nie znała go ani moja siostra, ani jej klient. Dlaczego groził mi bronią? Dlaczego miał w kieszeni spodni narkotyki? Dlaczego zgolił sobie brodę? Tylko siostra mogła odpowiedzieć na te pytania, w związku z czym odczuwałem naglącą potrzebę wymiany wrażeń, choć oznaczało to uwikłanie jej w sprawę, której dalszy przebieg, sądząc po początkach, nie zapowiadał się pomyślnie. Ponownie rozważyłem w głębi duszy możliwość powrotu do domu wariatów i wycofania się z umowy zawartej z komisarzem Floresem, lecz czyż nie zinterpretowano by mego odstąpienia od śledztwa jako oznaki wspólnictwa w zbrodni popełnionej na Szwedzie, a może nawet jej autorstwa? Z drugiej strony, czy byłem w stanie rozwiązać tajemnicę, już nie tylko zaginionej dziewczynki, ale, na okrasę, zgonu nieznajomego, który miał kaprys wyzionąć ducha w moim własnym łóżku?

Tak czy owak, nie było czasu do stracenia na próżne dywagacje. Jednooki z pewnością zauważył był wchodzącego Szweda i mógł uznać, że próbujemy naciągnąć go, śpiąc we dwóch w pokoju, a płacąc za jednego, co niewątpliwie skłoniłoby go do przeprowadzenia śledztwa i wydobycia na światło dzienne smutnego końca domniemanego waleta. Odkładając zatem na sposobniejszą chwilę część teoretyczną, przełożyłem do moich kieszeni zawartość kieszeni trupa, nie zapominając o pistolecie, otworzyłem okno, starając się nie robić hałasu, i oszacowałem odległość dzielącą mnie od wewnętrznego dziedzińca. Była spora, lecz dawała pewną nadzieję na ucieczkę bez ryzyka gruntownego połamania kości. Położyłem Szweda na łóżku, dwoma energicznymi walnięciami pięścią zamknąłem mu oczy koloru oceanu, którym śmierć nadała wyraz zdziwionej niewinności, przykryłem go aż po brodę prześcieradłem, zgasiłem światło, wyszedłem za okno i przytrzymując się, jak tylko umiałem, parapetu, zamknąłem od zewnątrz okiennice. Następnie rozluźniłem uchwyt i poleciałem w czarną pustkę, stwierdzając, gdy było już za późno, że odległość między oknem a ziemią jest znacznie większa, niż oceniłem na początku, i że czeka mnie, w najlepszym razie, złamanie wielu ważnych kości, a w najgorszym – rozbicie łba i koniec moich przygód.

Rozdział V

Dwie ucieczki

Podczas lotu, wykonując bez udziału woli fikołki, które przypomniały mi nieszczęsnego księcia Kantakuzena, a także nie mając nic innego do roboty, coraz bardziej utwierdzałem się w przekonaniu, że moja powietrzna podróż zakończy się roztrzaskaniem czaszki. Tak się jednak nie stało, gdyż w przeciwnym razie nie smakowałbyś teraz, czytelniku, tych wybornych stronic. Wylądowałem na, a następnie w błotnistej i głębokiej kupie odpadków, która, jeśli sądzić po jej zapachu i konsystencji, musiała składać się w równych częściach z resztek ryb, jarzyn, owoców, jaj, flaków i innych paskudztw w stanie zaawansowanego rozkładu, w wyniku czego wynurzyłem się na powierzchnię pokryty od stóp do głów lepką i cuchnącą powłoką, lecz cały i zadowolony.

Przebrnąłem przez grzęzawisko i dotarłem do niskiego muru, który pokonałem bez trudu. Siedząc okrakiem na murze, odwróciłem się, by po raz ostatni rzucić okiem na okno mego niegdysiejszego pokoju, i bez szczególnego zdziwienia zauważyłem, że pali się w nim światło, choć pamiętałem doskonale, że zgasiłem je przed wyjściem. W jasnym prostokącie okna rysowały się dwie sylwetki. Nie traciłem czasu na przypatrywanie się im; zeskoczyłem z muru i pobiegłem, skulony, między worami i skrzyniami. Kolejny mur – a może ten sam – zagrodził mi drogę. Przeskakiwanie murów to sztuka, którą uprawiam od dzieciństwa, tak więc pokonałem tę przeszkodę zupełnie od niechcenia i ujrzałem, że znajduję się w zaułku, u wylotu którego biegnie ulica prowadząca do Rambli. Przed wkroczeniem na tę najsłynniejszą barcelońską arterię wrzuciłem pistolet do ulicznej studzienki i z niekłamaną radością patrzyłem, jak ciemna czeluść pochłania ponury przedmiot, z którego nie tak dawno we mnie celowano. Do pełni szczęścia brakowało tylko tego, by przestał padać deszcz, co nie omieszkało nastąpić.

Nogi zaniosły mnie, bo tak postanowiłem, do baru El Leches, gdzie wiele godzin temu spotkałem siostrę i nieszczęsnego Szweda. Ukryłem się w rogu za drzwiami baru, starając się nie stąpać po zalegających na bruku rzygowinach, szczodrze rozsianych przez osoby, których żołądki walczyły ze sztormem podczas długiego rejsu przez noc, z mocnym postanowieniem poczekania na Cándidę. Wiedziałem, że jest w środku, ponieważ od dawien dawna przestrzegała zwyczaju wyczekiwania w barze do świtu, polując na spóźnionych klientów, którzy, w swym sknerstwie, żywili nadzieję na otrzymanie zniżki i którzy ją otrzymywali, pod pretekstem sezonowej wyprzedaży towaru.

Pierwszy promyk słońca ukazał się na horyzoncie, gdy z baru wynurzyła się moja siostra. Znalazłem się przy niej dwoma susami i otrzymałem spojrzenie pełne miażdżącej pogardy. Zapytałem, dokąd zmierza, na co odrzekła, że do domu. Zaproponowałem, że ją odprowadzę.

– Sam twój widok – powiedziałem jej – może doprowadzić do obłędu. Rozumiem, że mężczyźni popełniają dla ciebie szaleństwa, lecz nie znaczy to, że jako twój brat mam na to przyzwolić.

– Powiedziałam już, że nie dostaniesz ani grosza.

Przypomniałem, iż nie powodują mną pobudki właściwe szalbierzom lub żebrakom, i skierowałem rozmowę na banalne tematy zaczerpnięte z czasopisma „Hola" sprzed dwóch lat, czego zresztą raczej nie zauważyła, gdyż mimo całego przepychu życie sław jest tak monotonne jak nasze, choć może nieco przyjemniejsze. W pewnym zaś momencie rzuciłem od niechcenia zręczne pytanie:

– A cóż to porabia ten zacny chłopiec, którego miałem przyjemność niedawno poznać i który, jeśli mam wierzyć własnym oczom, tak zauroczony był twą osobą?

Cándida splunęła celnie na afisz z repertuarem el Liceo przyklejony do muru.

– Był, ale się zbył – stwierdziła z sarkazmem, który jednak nie zdołał zamaskować nutki żalu. – Przez dwa dni kręcił się koło mnie i do dziś nie za bardzo wiem, o co mu chodziło. Oczywiście nie był w moim typie. Ja chodzę raczej z facetami... jak by to powiedzieć?... chorymi. Uznałam, że to jeden z tych zboczeńców, którzy myślą, że jak kobieta przechodzi zły okres, to zgodzi się na każdą plugawość za pieniądze. Nawiasem mówiąc, mają w tym całkowitą rację. Tak czy owak, było, minęło. Po co pytasz?

– Po nic. Wydawało mi się, że dobrana z was para, tacy młodzi, tryskający radością, pełni życia... Zawsze wierzyłem, że w końcu założysz rodzinę, Cándida. To życie nie jest dla ciebie; ty powinnaś mieć rodzinę, dzieci, kochającego męża, domek w La Floresta...

Tu wdałem się w drobiazgowy opis spokojnej egzystencji, której Cándida nigdy nie zazna. Słowa me wprawiły ją w dobry humor, co wyraziło się w pytaniu:

– Jadłeś śniadanie?

– Wydaje mi się, że nie – powiedziałem taktownie.

– To chodź ze mną, coś tam na pewno zostało z kolacji.

Zagłębiliśmy się w jedną z owych typowych ulic starej Barcelony, jakże smakowitych, które tylko brak dachu różni od kloaki, i przystanęliśmy przed sczerniałym i sypiącym się budynkiem, z którego bramy wynurzyła się jaszczurka przeżuwająca skarabeusza, miotająca się w szczękach myszy ściganej przez kota. Weszliśmy po schodach, przyświecając sobie zapałkami, natychmiast gaszonymi przez powiew zimnego i wilgotnego powietrza wpadającego przez szpary w świetliku. Doszedłszy do drzwi, moja siostra, sapiąc jak miech z powodu astmy, przekręciła klucz w zamku i skomentowała:

– Coś takiego! Przysięgłabym, że wychodząc, zamknęłam na dwa razy. To chyba już starość.

– Nie opowiadaj bzdur, Cándida, jesteś pączkiem lewkonii – powiedziałem automatycznie, ze wszech miar zaniepokojony jej uwagą. Niepokój mój okazał się niepozbawiony podstaw, bo gdy tylko Cándida wcisnęła wyłącznik i światło zalało ciasny pokój stanowiący jedyną izbę mieszkania, jako że toaleta mieściła się na półpiętrze, stanęliśmy twarzą w twarz ze Szwedem, z tym samym Szwedem, którego zostawiłem śpiącego w mym niegdysiejszym łóżku, a który teraz spoglądał na nas wytrzeszczonymi błękitnymi oczami z fotela, zasiadając w nim sztywno jak wieśniak w gościach. Biedna Cándida zdusiła krzyk.

– Nie bój się, Cándida – powiedziałem, zamykając drzwi za naszymi plecami. – Nic ci nie zrobi.

– Skąd tu się wziął ten typ? – zapytała szeptem, jakby obawiała się, że Szwed nas usłyszy. – Czemu jest taki poważny i taki spokojny?

– Na drugie pytanie mogę odpowiedzieć bez wahania. Co do pierwszego, niewiedza moja jest całkowita. Mogę tylko zapewnić cię, że nie przyszedł na własnych nogach. Wiedział, gdzie mieszkasz?

– Nie, skąd miałby wiedzieć?

– Mogłaś mu dać swój adres.

– Klientowi? Nigdy. A jeśli on jest...? – wskazała na Szweda drżącym palcem.

– Niedysponowany, w rzeczy samej. Chodźmy stąd, zanim będzie za późno.

Chicago Public Library
West Addison
9/22/2009   5:57:40 PM
-Patron Receipt-

ITEMS BORROWED:

1:
Title:
Item #: R0321554619
Due Date: 10/13/2009

2:
Title:
Item #: R0312264518
Due Date: 10/13/2009

-Please retain for your records-

SAID UZZA

Już było za późno. Zaledwie wymówiłem te prorocze słowa, usłyszeliśmy walenie w bramę oraz męski głos, który ryknął:

– Policja! Otwierać albo wyważymy drzwi!

Wypowiedź ta stanowiła widomy dowód na właściwą naszym służbom porządkowym nieznajomość zasad stosowania spójników, gdyż wypowiadając owo zdanie, policjanci, w liczbie trzech, to jest inspektor po cywilnemu i dwóch umundurowanych stójkowych, wyważyli słabe drzwi, po czym wpadli jak burza do pokoju, potrząsając pałkami i pistoletami i wykrzykując niemal jednogłośnie:

– Nie ruszać! Są żeście aresztowani!

Mimo kolejnych błędów gramatycznych sens powitania wydał nam się jednoznaczny, wobec czego posłusznie podnieśliśmy ręce wysoko w górę, aż palce zaplątały nam się w pajęczynach zwisających z belek stropu niczym baldachim. Wobec naszej uległej postawy, obaj stójkowi zabrali się do przeszukiwania skromnego lokum mojej biednej siostry, rozbijając pałkami naczynia w drobny mak, roztrzaskując kopniakami meble i oddając mocz na pościel i cienki siennik. Inspektor zaś, z uśmiechem odsłaniającym złote zęby, mostki, korony, plomby i grubą warstwę kamienia, poprosił nas o podanie tożsamości eleganckim zwrotem:

– Dawać dowody, dupki!

Moja biedna siostra posłusznie podała mu swój dowód tożsamości, z którego, na swoje nieszczęście, wydrapała kiedyś żyletką datę urodzenia, a który inspektor obdarzył teraz szyderczym spojrzeniem, oznaczającym wyraźnie:

– Ten numer nie przejdzie.

Stójkowi wkrótce odkryli trupa, ustalili jego trupi status, zrewidowali go i podnieśli wrzawę, z której z pewnym wysiłkiem dało się wyłowić słowa:

– Hurra, panie inspektorze, złapaliśmy ich na uczynku!

Inspektor jednak nie skomentował ich znaleziska, zajęty naleganiem, bym poświadczył swoją tożsamość, czego jednak nie mogłem uczynić, gdyż nie miałem przy sobie dowodu, a owszem, foliową torebkę pełną narkotyków. Postanowiłem postawić wszystko na jedną kartę i uciec się do podstępu równie starego, co skutecznego.

– Przyjacielu mój – wyrzekłem z godnością, a zarazem na tyle głośno i wyraźnie, by słowa te dotarły do wszystkich uszu – pakuje się pan w poważne tarapaty.

– Że jak? – zapytał inspektor z niedowierzaniem.

– Proszę podejść do mnie, młodzieńcze – powiedziałem, opuszczając powoli ramiona, po trosze by odzyskać godną postawę, a po trosze by stłumić wyziewy spod pach, które mogłyby pomniejszyć wiarygodność mojej przemowy. – Czy wie pan, z kim rozmawia?

– Z gównianym łachmytą.

– Osąd przenikliwy, lecz mylny. Rozmawia pan, inspektorze, z don Ceferino Sugrañesem, radnym naszego miasta, właścicielem banków, agencji nieruchomości, firm ubezpieczeniowych, towarzystw kredytowych, firm deweloperskich, biur notarialnych, rejestrów i sądów, by wymienić tylko cząstkę marginesu mej działalności. Domyśli się pan zatem, dzięki bystrości umysłu właściwej dla swego zawodu, że będąc tym, kim jestem, nie noszę przy sobie żadnych dokumentów, które by potwierdziły mą tożsamość, nie tylko przez wzgląd na opinię, jaką mógłby powziąć nasz wymagający elektorat, gdyby ujrzał mnie w ten strój odzianego, lecz także by zmylić czujność detektywów, których małżonka moja poszczuła na mnie po wniesieniu przed Sąd Najwyższy pozwu o unieważnienie małżeństwa, którą to jednak tożsamość może, rzecz oczywista, potwierdzić mój szofer, ochroniarz i, z przyczyn podatkowych, dyrektor licznych przedsiębiorstw, w których matactwa nie chcę mieszać mego nazwiska, oczekujący na mnie na rogu ulicy z nieodwołalną instrukcją powiadomienia prezydenta Suareza, jeśli w ciągu dziesięciu minut nie opuszczę, zdrów i cały, tej nory, do której zwabiła mnie stojąca przed wami harpia ponosząca całą winę za wplątanie mej osoby w tę pożałowania godną historię i mająca z pewnością na celu rabunek, szantaż, sodomię oraz inne czyny podlegające sankcjom karnym, czemu niechybnie, jak już widzę, będzie próbowała zaprzeczyć, co jednakowoż tylko wzmacnia wiarygodność moich zapewnień, bo komuż przyzna pan rację, inspektorze, znalazłszy się na rozstajach: uczciwemu obywatelowi, kapitanowi przedsiębiorczości, kompendium drapieżnej burżuazji, chlubie Katalonii, emblematowi Hiszpanii, gwardziście imperium czy też temu groteskowemu i słoniowatemu antykowi, dręczonemu, na okrasę, przeraźliwym *fetor ex ore*, zawodowej heterze, o czym może się pan przekonać, nakazując rewizję jej torebki, gdzie znajdzie pan dużą liczbę prezerwatyw nie całkiem nieskazitelnych, której przyrzekłem, w zamian za usługę – jej szczegóły pominę – śmieszną kwotę tysiąca peset, tego samego tysiąca peset, który teraz przekazuję panu, inspektorze, jako dowód z dokumentu...?

Wypowiadając ostatnie słowa, wyjąłem z kieszeni banknot znaleziony przy zwłokach Szweda i wsunąłem go w dłoń inspektora, który wpatrzył się weń z pewnym przygnębieniem i nie bez cienia wątpliwości co do celu, na jaki powinien go przeznaczyć, a ja wykorzystałem ten moment, by rąbnąć go głową w nos, z którego natychmiast wytrysnął strumień krwi, podczas gdy jego usta wykrzywiały się w grymasie bólu i wypluwały urwane przekleństwa. Szczegóły te odnotowałem już w locie, przeskakując nad szczątkami wyważonych drzwi. Rzucając się po schodach w dół i czując na plecach oddech stójkowych, zdążyłem jeszcze krzyknąć:

– Nie przejmuj się tym, co mówiłem o tobie, Cándida! To był podstęp! – bez większych nadziei na to, że mnie usłyszy w ogólnym rozgardiaszu, a nawet gdyby usłyszała, że słowa me przyniosą jej jakąś pociechę.

Na ulicy ujrzałem sznury robotników udających się jak co dzień, z menażkami w ręku, do przybytków trudu i mozołu, a jako że stójkowi deptali mi po piętach i nie wątpiłem, że z uwagi na większe możliwości fizyczne, trening i entuzjazm rychło mnie dopadną, zacząłem krzyczeć, co sił w płucach:

– CNT niech żyje! Komitety ludzi pracy!

Na co odpowiedzieli robotnicy, wznosząc pięści i skandując hasła o analogicznej treści. Wywołało to u policjantów, nieprzystosowanych jeszcze do zmian zaszłych niedawno na naszej ziemi, reakcję, którą przewidziałem, a ja, pod osłoną rozgorzałej walki, pomyślnie salwowałem się ucieczką.

Zmyliwszy tropy pogoni i odzyskawszy oddech, przeanalizowałem sytuację i doszedłem do wniosku, że jest nader niepomyślna. Jedna tylko osoba mogła wydostać mnie z matni, a moją siostrę z więzienia, dokąd niechybnie trafiłbym i ja sam i gdzie natknąłbym się już tylko na jej kości. Zadzwoniłem więc do komisarza Floresa z telefonu publicznego, którego mechanizm musiałem pokonać za pomocą drutu, jako że nie dysponowałem gotówką, i mimo wczesnej godziny zastałem go w biurze. Początkowo komisarz zdawał się zdziwiony, słysząc mój głos, lecz kiedy zreferowałem mu wszystko, co wydarzyło się do tej pory, nie pomijając ucieczki, choć zmieniając nieco jej okoliczności, jego ton zmienił się ze zdziwionego na wściekły.

– Chcesz mi powiedzieć, śmieciu, że nie dowiedziałeś się jeszcze niczego o zaginionej dziewczynce? – wykrzyknął, wbijając we mnie przez telefon hak znaku zapytania.

Prawie całkiem zapomniałem o sprawie zaginionej dziewczynki. Wyjąkałem jakieś naprędce sklecone usprawiedliwienie i obiecałem, że podejmę bezzwłocznie i gorliwie śledztwo.

– Posłuchaj, synu – odrzekł wówczas komisarz, ze słodyczą, która wprawiła mnie w największą konsternację, ponieważ nigdy nie używał w stosunku do mnie słowa „synu", nie poprzedzając go przedrostkiem „skurwy", a niekiedy też przydawką „cholerny" – najlepiej będzie, jeśli wstrzymamy bieg tej sprawy. Być może zbyt pochopnie powierzyłem ci tak drażliwą misję. Nie powinniśmy zapominać, że jesteś jeszcze... rekonwalescentem i taki wysiłek mógłby zaostrzyć twoje... dolegliwości. Może wpadniesz po prostu do mnie na komendę i omówimy spokojnie całe zagadnienie nad szklaneczką zimniutkiej pepsi-coli?

Muszę wyznać, że uprzejmość i łagodność, do których jestem tak mało przyzwyczajony, wywierają na mnie hipnotyzujący wpływ. Słowa komisarza, a w szczególności delikatność, z jaką zostały wypowiedziane, wycisnęły mi niemalże łzy z ócz, lecz jego ukryte zamiary bynajmniej nie uszły mej uwagi. Natychmiast spostrzegłem, że próbuje ściągnąć mnie na komendę, aby – po cóż się oszukiwać? – odesłać z powrotem do domu wariatów, zanim jeszcze upłynęły dwadzieścia cztery godziny od mego wyzwolenia. Odpowiedziałem więc z grzeczną stanowczością, stosowaną zazwyczaj do pozbywania się świadków Jehowy, że nie mam najmniejszego zamiaru zaprzestawać śledztwa, nie dlatego by obchodził mnie los jakiejś głupiej panienki, lecz ponieważ od powodzenia całego przedsięwzięcia zależy moja wolność.

– Nie pytałem cię o zdanie, tłuku! – ryknął komisarz Flores, który odzyskał nagle właściwy sobie ton. – Przyjdziesz tu natychmiast z własnej woli albo każę cię przywlec w kajdankach i potraktuję jak łachmytę, którym jesteś przez cechy genetyczne oraz z powołania. Zrozumiałeś, bydlaku?

– Zrozumiałem, panie komisarzu – odrzekłem – lecz, z należnym szacunkiem, pozwolę sobie nie dać posłuchu pańskim radom, gdyż jestem zdecydowany udowodnić społeczeństwu mą zdatność do życia na jego łonie oraz solidność władz umysłowych, choćbym miał postradać życie w tym przedsięwzięciu. I uprzedzam pana, z należnym szacunkiem, by nie próbował ustalić, skąd dzwonię, co z pewnością widział pan na filmach kryminalnych, po pierwsze, ponieważ rzecz taka jest niemożliwa, po drugie, ponieważ dzwonię z publicznego telefonu, a po trzecie, ponieważ zamierzam natychmiast odłożyć słuchawkę, tak na wszelki wypadek.

Co uczyniłem. Nie musiałem się zbytnio głowić, by zdać sobie sprawę, że sytuacja się nie polepszyła, wręcz przeciwnie, a sądząc po kierunku, jaki obierały wydarzenia, mogłem oczekiwać dalszego pogorszenia, gdybym rychło nie przedsięwziął środków zaradczych. Postanowiłem zatem skoncentrować całą energię na poszukiwaniu zaginionej dziewczynki, a sprawę Szweda odłożyć na sposobniejszą porę, nie omieszkając, rzecz oczywista, zachować ostrożności niezbędnej przy moim statusie podwójnego uciekiniera.

Rozdział VI

Nieokrzesany ogrodnik

W pierwszej kolejności udałem się do zaułka nieopodal ulicy Talles, gdzie mieściło się wysypisko śmieci z sąsiedniej kliniki i gdzie miałem nadzieję znaleźć, szperając w owych śmieciach, coś, co pozwoliłoby mi ukryć tożsamość, na przykład jakieś szczątki ludzkie, które mógłbym nałożyć na moją twarz, by nieco zmienić jej rysy. Szczęście mi nie dopisało i musiałem zadowolić się kłębkiem niezbyt brudnej waty, z której to waty i sznurka sporządziłem długą i patriarchalną brodę. Broda ta nie tylko utrudniała rozpoznanie mnie, lecz także nadawała wygląd szacowny, a nawet imponujący. Tak zamaskowany ponownie wśliznąłem się na peron metra, które po raz drugi zawiozło mnie w okolice szkoły sióstr lazarystek San Gervasio.

W trakcie podróży przekartkowałem czasopismo, które zwinąłem z kiosku na peronie, uznawszy je, na podstawie ociekających krwią okładek, za poświęcone zbrodniom i gwałtom. Szukałem notatki o śmierci Szweda i szczegółów, jakie mógł wyłuskać reporter, lecz nie znalazłem nic na ten temat. Natknąłem się za to, i owszem, na serię zdjęć nagich panienek. *Ilsa kocha słońce*, głosił tytuł artykułu zawierającego więcej ilustracji niż tekstu. Jej uda z marmuru, piersi z alabastru i pośladki z krzemienia prezentowały się doskonale na tle cudownie pustej plaży na Costa Brava. Uznałem, że zdjęcie zostało zrobione w zimie lub że plażę wykonano z tektury. Wszyscy Hiszpanie, zgodnie z tezą Ilsy, byli lubieżnikami. Odłożyłem czasopismo na siedzenie. W zasmarowanym oknie dostrzegłem odbicie typa niezbyt młodego, niezbyt przystojnego i raczej nie lubieżnego. Westchnąłem z melancholią.

„Aj, Ilso, córko moja – pomyślałem – gdzie się podziewałaś, kiedy cię potrzebowałem?"

Gdy pociąg dotarł na miejsce, opuściłem wagon, wynurzyłem się na powierzchnię i już za pierwszym podejściem znalazłem gmach szkoły.

Z obserwacji dokonanych ubiegłej nocy wydedukowałem, że ogród tak starannie utrzymany jak ten wymagał obecności ogrodnika, i stwierdziłem, że osobnik taki, pozostający poza obrębem wspólnoty zakonnej, a zarazem zanurzony w jej życiu, będzie pierwszym dostępnym ogniwem w łańcuchu świadków, których zamierzałem poddać badaniu. Wysunąłem też przypuszczenie, że osobnik, którego życie upływa w tak surowym otoczeniu, nie okaże niechęci frywolnemu prezentowi, wobec czego, wykorzystując opatrznościową nieuwagę ekspedientki sklepu spożywczego przywłaszczyłem sobie butelkę wina i ukryłem ją w fałdach koszuli. Jednakże gdy na horyzoncie pojawiły się niezwyciężone mury surowego ośrodka dydaktycznego, rozważyłem w głębi duszy wpływ wina na zachowanie człowiecze i uznałem go za głęboki, lecz zbyt powolny jak na me zamysły. Otworzyłem więc butelkę bez pomocy korkociągu, gdyż zamknięcie było z plastyku, wyjąłem z kieszeni torebkę z narkotykami, odziedziczoną po Szwedzie, i rozpuściłem w winie kokainowy proszek, tabletki amfetaminy, a także wypłukałem w nim papierki nasączone LSD. Wstrząsnąłem mieszankę, ponownie ukryłem butelkę za pazuchą i ruszyłem z podniesionym czołem na poszukiwanie mojego ogrodnika. Znalazłem go nieopodal bramy, otwartej z tej okazji na oścież, pogrążonego w zajęciach właściwych jego profesji. Był to młody facet o nieco nieokrzesanym wyglądzie. Przycinał klomb pięknych kwiatów, nucąc piosenkę, a obecność moją powitał pomrukiem charakterystycznym dla kogoś, kto nie życzy sobie, by mu przerywano.

– Dzień dobry, jeśli Pan Bóg da – pozdrowiłem go, nie zrażając się oschłym przyjęciem. – Czy mam może zaszczyt i przyjemność rozmawiać z ogrodnikiem tego wspaniałego dworu?

Wykonał gest twierdzący i potrząsnął, być może bez złych zamiarów, straszliwym sekatorem, który dzierżył w dłoniach. Ja zaś uśmiechnąłem się.

– Jestem więc szczęśliwym człowiekiem – rzekłem – ponieważ przybyłem z bardzo daleka, by pana poznać. Pozwoli pan, przede wszystkim, że się przedstawię: jestem don Arborio Sugrañes, profesor żardinierystyki na uniwersytecie we Francji. Spieszę wyjaśnić, że ogród ten, choć być może nie było to panu wiadome, słynie na całym świecie. Nie chciałem, poświęciwszy mu tyle lat studiów, odejść na emeryturę, nie poznawszy osoby, której sumienność, wytrwałość i oddanie uczyniły możliwym ów cud. Czy przyjmie pan, mistrzu, jako wyraz podziwu i oznakę hołdu, łyk wina przywiezionego z mojej ziemi specjalnie na tę uroczystą okazję?

I wyjmując butelkę wina, którego połowa wylała się, gdyż butelka była otwarta, plamiąc mą koszulę i koniec brody, ofiarowałem ją ogrodnikowi, który ujął ją za szyjkę i spojrzał na mnie zupełnie inaczej.

– Trza było od razu tak zaczynać – powiedział. – Czego, kurde, pan chce?

– Po pierwsze – powiedziałem – by zaspokoił pan pragnienie, pijąc za moje zdrowie.

– Nie smakuje aby trochę dziwnie to wino?

– To niezwykły rocznik. Na świecie są tylko dwie takie butelki.

– Tu pisze: Menello, wino gronowe – powiedział ogrodnik, wskazując na etykietę.

Mrugnąłem do niego porozumiewawczo.

– To dla celników... rozumie pan – wyjaśniłem, by zyskać na czasie, zanim mikstura zacznie działać. Sądząc po źrenicach i głosie ogrodnika, nie miałem czekać zbyt długo. – Czy coś panu dolega, drogi przyjacielu?

– W głowie mi się kręci.

– To z pewnością wina upału. Jak traktują pana siostrzyczki?

– Mógłbym się skarżyć, ale się nie skarżę. Przy takim bezrobociu...

– Czasy są ciężkie, w rzeczy samej. Z pewnością wie pan o wszystkim, co dzieje się w szkole, nieprawdaż?

– Coś tam wiem, chociaż nie rozpowiadam. Jeśli przychodzisz pan z pieprzonego związku zawodowego, nic panu nie powiem. Czy mogę zdjąć koszulę?

– Ależ może się pan czuć jak u siebie. Czy prawdą jest to, co rozpowiadają złe języki?

– Pomóż mi pan zdjąć buty. A co mówią złe języki?

– Że dziewczynki znikają z sypialni. Ja, rzecz jasna, nie daję temu wiary. Zdjąć panu też skarpetki?

– Tak, poproszę. Wszystko mnie ciśnie. Że co pan mówił?

– Że dziewczynki znikają w nocy.

– To prawda, tak. Ale ja nie mam z tym nic wspólnego.

– Ależ nic takiego nie insynuuję. A dlaczego, pana zdaniem, giną te aniołeczki?

– A bo ja wiem! Może są w ciąży, świnie.

– Czyżby w internacie panowały rozwiązłe obyczaje?

– Nie, o ile wiem. Jakby to ode mnie zależało, byłoby inaczej, kurza dupa.

– Pozwoli pan, że potrzymam mu sekator. Nie chciałbym, żeby pan się zranił albo zranił niechcący mnie. I proszę opowiadać dalej o zaginionej dziewczynce.

– Nic już nie wiem. Skąd wzięło się tyle słońc?

– Z pewnością jakiś cud. Niech mi pan opowie o drugiej dziewczynce, tej, która zaginęła sześć lat temu.

– I o tym pan wie?

– I o wielu innych rzeczach. Co wydarzyło się sześć lat temu?

– Nie wiem. Nie pracowałem tu.

– A kto tu pracował?

– Mój poprzednik. Stary wariat. Musieli go zwolnić.

– Kiedy?

– Sześć lat temu, tyle tu pracuję.

– Dlaczego zwolniono pańskiego poprzednika?

– Za niewłaściwe zachowanie. Podejrzewam, że to był jeden z tych świntuchów, co to trzepią się przed dziewczynkami. Proszę przyjąć w prezencie moje spodnie.

– Dziękuję, krój zaiste książęcy. Jak się nazywał pański poprzednik?

– Srajduch Przeczyściuch. Dlaczego pan pyta?

– Proszę się ograniczyć do odpowiadania, kawalerze. Gdzie mogę spotkać pańskiego poprzednika? Czym się obecnie zajmuje?

– Chyba niczym. Znajdzie go pan w domu. Wiem, że mieszkał przy ulicy Cadena, ale nie pamiętam, pod jakim numerem.

– Gdzie był pan w nocy, kiedy znikła dziewczynka?

– Sześć lat temu?

– Nie, człowieku, ostatnio.

– Nie pamiętam. Oglądałem telewizor w barze, byłem na kurwach... coś w tym stylu.

– Jak to, nie pamięta pan? Czyżby nie odświeżył panu pamięci komisarz Flores, tak... i tak...? – mówiąc to, wymierzyłem mu dwa głośne policzki, co wzbudziło w nim niepohamowaną wesołość.

– Glina? – zapytał, pękając ze śmiechu. – Jaki glina? Nie miałem żadnego kontaktu z glinami od czasu, jak udusiłem tego pieprzonego Algierczyka, dawno temu. Parszywy Arab! – splunął na oleandry.

– Jak dawno temu?

– Sześć lat. Już zapomniałem. Jak to wino odświeża pamięć i wyostrza zmysły. Czuję, że całe me jestestwo pulsuje w rytm oddechu tych leciwych drzew. Znam lepiej siebie samego. Ach, cóż za wspaniałe doświadczenie! Czy mógłby dać mi pan jeszcze jeden łyk, dobry panie?

Pozwoliłem, by opróżnił butelkę, wstrząśnięty jego wyznaniem. Czy było możliwe, żeby komisarz Flores, tak sumienny, nie przesłuchał ogrodnika, zwłaszcza jeśli ów najwyraźniej popełnił niegdyś czyn karalny? Podnosząc wzrok w zamyśleniu, odkryłem na balkonie dragońską sylwetkę matki przełożonej, którą, jak zapewne czytelnik pamięta, poznałem w domu wariatów poprzedniego dnia. Dama ta nie tylko obserwowała mnie bacznie, lecz także wymachiwała gwałtownie rękami i otwierała szeroko usta, lecz dźwięk jej słów nie dobiegał do mnie ze względu na odległość. Wkrótce dołączyły do niej na balkonie dwie odziane na szaro postaci, które początkowo wziąłem za nowicjuszki, a po krótkiej chwili, zauważywszy skórzane pasy i karabiny, za tych, kim faktycznie były, to jest za policjantów. Zakonnica przemówiła do nich, po czym, odwracając się, wskazała w moją stronę oskarżycielskim palcem. Policjanci odwrócili się na pięcie i znikli z balkonu.

Nie przejąłem się tym zanadto. Ogrodnik tymczasem założył sobie kalesony na głowę, niby czepek, i recytował mantry. Bez oporu dał się odwrócić w stronę bramy. Odczekałem, aż policjanci ukażą się w drzwiach szkoły, a gdy wybiegli za próg, powiedziałem ogrodnikowi:

– Zmykaj, goni cię żaba!

Przerażony, ruszył z kopyta, a ja nachyliłem się nad klombem i jąłem żwawo przycinać pędy sekatorem, który chwilę wcześniej wyjąłem mu z rąk. Tak jak przewidywałem, policjanci pomknęli za ogrodnikiem, nie zważając na rozpaczliwe gesty matki przełożonej, która na próżno próbowała z balkonu wyjaśnić pomyłkę. Odczekałem, aż uciekinier i ścigający znikną u wylotu ulicy, zawiesiłem sztuczną brodę na krzaku różanym i odszedłem spokojnym krokiem w przeciwnym kierunku, nie omieszkawszy wcześniej wykonać w stronę niepocieszonej zakonnicy gestu oznaczającego: Proszę wybaczyć kłopot i mi zaufać, jeszcze nie zakończyłem śledztwa.

Zmierzając ku stacji metra, usłyszałem w oddali terkot karabinu maszynowego. A jako że rozdział ten wydaje mi się nieco zbyt krótki, wykorzystam wolną przestrzeń, by poruszyć sprawę niepokojącą niewątpliwie czytelnika, który dotarł do tego miejsca mej historii, to jest kwestię mojego imienia. A temat ów wymaga dłuższych wyjaśnień.

Gdy miałem się urodzić, moja matka, która na inne słabostki, z obawy przed moim ojcem, sobie nie pozwalała, uległa, jak wszystkie matki jej współczesne, płochej miłości: kochała się zapamiętale i beznadziejnie, rzecz oczywista, w Clarku Gable. W dniu moich chrzcin, z właściwą sobie ignorancją, uparła się w połowie ceremonii, że mam nosić imię Przeminął z Wiatrem. Propozycja jej rozgniewała proboszcza udzielającego sakramentu. Dyskusja przerodziła się w kłótnię, ta w rękoczyny, po czym moja matka chrzestna, potrzebująca dwóch rąk, by przywalić swemu mężowi, porzuciła mnie na powierzchni mętnych wód chrzcielnicy i byłbym w nich niechybnie utonął, gdyby nie... Lecz to już inna historia, która zbyt daleko by nas odwiodła od kierunku, w jakim podąża nasza narracja. Tak czy owak, zagadnienie to nie jest zbyt istotne, gdyż me prawdziwe i kompletne dane figurują wyłącznie w niezawodnych archiwach rejestru skazanych, a w życiu codziennym słyszę przede wszystkim określenia takie, jak: nędzny złodziej, szczur, gównojad, skurczysyn oraz inne, których różnorodność i obfitość dowodzą bezgranicznej wyobraźni gatunku ludzkiego i niewyczerpanego bogactwa naszego języka.

Rozdział VII

Ogrodnik skromny i stateczny

Ulica Cadena jest krótka i bez trudu znalazłem mieszkanie byłego ogrodnika szkoły, którego całe sąsiedztwo zdawało się znać i szanować. W trakcie poszukiwań ustaliłem także, iż rzeczony osobnik owdowiał dawno temu i od tego czasu mieszka sam, a w dodatku niezwykle skromnie. Podczas sezonu walk byków zarabiał na życie, zbierając na arenie Monumental nawóz, który następnie sprzedawał rolnikom z Prat; zimą żył *de facto* z dobroczynności bliźnich.

Don Srajduch Przeczyściuch przyjął mnie nadzwyczaj serdecznie. Mieszkanie jego składało się z pokoiku, w którym panował bałagan i tłoczyło się kilka mebli: prycza, stolik nocny uginający się pod stertą pożółkłych czasopism, stół, dwa krzesła, szafa pozbawiona drzwi i elektryczna kuchenka, na której coś gotowało się w garnku. Zapytałem o toaletę, gdyż musiałem pilnie oddać mocz. Gospodarz wskazał na okno.

– Z szacunku dla przechodniów – powiedział – gdy zobaczy pan, że zaraz mu wytryśnie, proszę zawołać: uwaga, lejemy! I niech będzie pan łaskaw postarać się, by ostatnie krople spadły na zewnątrz, gdyż kwas moczowy koroduje posadzkę, a ja już nie jestem w wieku, w którym można by bez przerwy ją szorować. Jeśli okno wydaje się panu umieszczone zbyt wysoko, proszę wziąć sobie krzesło. Ja dawniej sikałem na stojąco, ale z czasem mi się skurczył. Niegdyś mieliśmy fajansowy nocnik, bardzo zabawny, z namalowanym okiem i napisem: Widzę cię. Moja nieodżałowana małżonka, niech spoczywa w pokoju, bardzo się z tego śmiała za każdym razem, gdy musiała z niego korzystać. Kiedy Pan wezwał ją do siebie, poleciłem, by pochowano ją z nocnikiem. Był to jedyny prezent, jaki mogłem jej ofiarować w ciągu trzydziestu lat małżeństwa, i uznałem, że korzystanie z niego bez niej będzie zdradą. Okno mi wystarcza. Do grubszych czynności jest nieco niewygodne, rzecz jasna, ale praktyka czyni mistrza, nie sądzi pan?

Nie znoszę pretensjonalności i zadzierania nosa, więc spodobał mi się bezpośredni sposób bycia byłego ogrodnika i męża, który, gdy ja opróżniałem pęcherz, powrócił do czynności wykonywanej, zanim mu przerwałem. Gdy usiadłem obok niego przy stole, zobaczyłem, że skleja fragmenty sztucznej szczęki.

– Rozbiła mi się wczoraj w kościele o klęcznik – wyjaśnił. – Kara niebios: zasnąłem podczas wizyty w przybytku Najświętszego. Czy jest pan pobożny?

– Szczere umiłowanie Pana to moja jedyna zaleta – wyznałem.

– Nie masz lepszego listu uwierzytelniającego ani na tym świecie, ani na tamtym. Czym mogę panu służyć?

– Powiem bez ogródek. Wiem, że był pan niegdyś ogrodnikiem w szkole lazarystek San Gervasio.

– Najszczęśliwszy okres mego życia, tak, drogi panie. Kiedy zaczynałem, rósł tam nieprzebyty gąszcz. Przemieniłem go, z Bożą pomocą, w piękny ogród.

– Najpiękniejszy, jaki widziałem w całym moim życiu. A czemuż to dawniej był tak zaniedbany?

– Cała posiadłość była niezamieszkana przez wiele lat. Czy mogę ofiarować panu coś do picia, panie...?

– Sugrañes. Fervoroso Sugrañes, do usług Pana i pana. Czy nie miałby pan przypadkiem pepsi-coli?

– Och, nie. Majątek mój nie pozwala mi na takie luksusy. Mogę poczęstować pana wodą z kranu lub też odrobiną wywaru z boćwiny, który właśnie sobie gotuję.

– Dziękuję stokrotnie, ale niedawno jadłem obiad – zełgałem, by nie pozbawiać go tego jakże lekkiego posiłku. – Co mieściło się w szkole, zanim stała się szkołą?

– Powiedziałem już panu: nic. Opuszczone domostwo.

– A wcześniej?

– Nie wiem. Nigdy nie byłem tego ciekaw. Czy jest pan agentem pośrednictwa nieruchomości?

Pytanie to uzmysłowiło mi, że ów produkt uboczny naszego przemysłu walki byków jest na wpół ślepy.

– Proszę mi opowiedzieć o swojej pracy w szkole. Mówił pan, że płacono mu dobrze?

– Ależ skąd. Powiedziałem, że były to najszczęśliwsze lata mego życia, lecz nie miałem na myśli aspektu finansowego. Zakonnice płaciły mi mniej, niż wynosiło wynagrodzenie minimalne, i nigdy nie zgłosiły mnie ani do ubezpieczenia społecznego, ani do kasy zapomogowej ogrodników. Byłem szczęśliwy, ponieważ lubiłem moją pracę i ponieważ pozwalały mi przebywać w kaplicy pod nieobecność dziewcząt.

– Nie miał pan żadnego kontaktu z dziewczętami?

– Miałem, oczywiście. Podczas przerw musiałem pilnować, by nie deptały kwiatów. To były diablątka, kradły kwasy z laboratorium i oblewały nimi klomby. Rozrzucały szkło w trawie, żebym sobie pokaleczył ręce. Diablątka, powiadam panu.

– Lubi pan dzieci, prawda?

– Bardzo. To błogosławieństwo Pana.

– Ale pan nie ma dzieci.

– Nigdy nie skonsumowaliśmy małżeństwa, moja małżonka i ja. Jak w dawnych czasach. Dzisiaj ludzie żenią się, żeby świntuszyć. Nie, nie powinienem tak mówić; nie sądźcie, żebyście nie byli sądzeni. A Pan Bóg dobrze wie, że niekiedy trudno nam było oprzeć się pokusie. Proszę sobie wyobrazić: trzydzieści lat spania razem na tej wąziutkiej pryczy. Ale Najwyższy obdarzył nas siłą. Kiedy namiętności już miały zwyciężyć, okładałem małżonkę pasem, a ona waliła mnie w łeb żelazkiem.

– Czemu porzucił pan tę posadę? Mam na myśli posadę w szkole.

– Zakonnice uznały, że powinienem przejść na emeryturę. Ja czułem się świetnie, w pełni sił, i do tej pory tak się czuję, Bogu dzięki, ale nie zasięgnęły mojej opinii. Pewnego dnia matka przełożona wezwała mnie i oznajmiła: Srajduchu, właśnie przeszedłeś na emeryturę, wszystkiego dobrego. I dały mi godzinę na spakowanie się i opuszczenie szkoły.

– Z pewnością wypłaciły panu stosowną odprawę.

– Ani dziesięciu peset. Podarowały mi portret założyciela zakonu i bezpłatną roczną subskrypcję gazetki szkolnej „Róże dla Marii Panny".

Mówiąc to, wskazał na obraz wiszący nad pryczą, z którego spoglądał odziany na czerwono mężczyzna, z rysów zdumiewająco podobny do Luisa Mariano. Z głowy świętego wychodziły promienie. Na stoliku nocnym piętrzyły się zaś czasopisma, które zauważyłem, wchodząc.

– Przeglądam je przed snem. Zawierają akty strzeliste z maja. Miałby pan ochotę poczytać?

– Przy innej okazji z najwyższą przyjemnością. Czy to prawda, że wkrótce przed pańskim przejściem na emeryturę miał miejsce dziwny incydent? Jakaś dziewczynka umarła lub coś w tym stylu.

– Umarła? Niech nas broni Matka Boska od Niepokalanego Poczęcia! Znikła na kilka dni, lecz anioł stróż zwrócił ją nam całą i zdrową.

– Znał ją pan?

– Isabelitę? Oczywiście! Prawdziwe diablątko.

– Isabelita Sugrañes, diablątko?

– Isabelita Peraplana. Sugrañes to pan, jeśli mnie pamięć nie myli.

– Mam bratanicę, która tak się nazywa. Isabelita jak jej matka i Sugrañes jak jej ojciec i jak ja. Czasem wszystko mi się plącze. Proszę mi o niej opowiedzieć.

– O Isabelicie Peraplanie? Cóż mogę panu opowiedzieć? Była najładniejsza z całej klasy, najbardziej, jak by to ująć?... dziewicza. Ulubienica zakonnic, stawiały ją za przykład wszystkim pozostałym. Bardzo pilna i bardzo pobożna.

– Ale diablątko.

– Isabelita? Nie, ona nie. To druga ją namawiała, a ona dawała się podpuścić, ale była niewinna.

– Jaka druga?

– Mercedes.

– Mercedes Sugrañes?

– Nie, też nie. Mercedes Negrer się nazywała. Były nierozłączne, a takie różne! Czy dysponuje pan chwilką? Pokażę panu zdjęcia.

– Ma pan zdjęcia dziewcząt?

– Jasne, z gazetek.

Podszedł do stolika nocnego i wrócił ze stosem czasopism.

– Niech pan poszuka numeru z kwietnia siedemdziesiątego pierwszego. Moje oczy już nie są takie jak dawniej.

Znalazłem numer, o którym mówił, i przewracałem kartki, aż natknąłem się na rubrykę zatytułowaną Kwiaty z Naszego Ogrodu. Każde zdjęcie zajmowało pół strony i przedstawiało całą klasę ustawioną w kilku rzędach na schodach prowadzących do kaplicy, tak że widać było główki wszystkich uczennic.

– Proszę poszukać piątej klasy. Jest? Pozwoli pan.

Przysunął czasopismo do twarzy tak blisko, że przez moment obawiałem się, że uszkodzi sobie oko. Kiedy odsunął je, na papierze pozostały ślady śliny.

– To jest Isabelita, blondyneczka w ostatnim rzędzie. A obok niej Mercedes Negrer. Ta po lewej. Po lewej na zdjęciu, nie po pańskiej lewej. Widzi pan?

Z przyczyny, której nie potrafiłem wówczas sprecyzować, zdjęcie piątej klasy wywołało we mnie niejasne uczucie melancholii. Przebiegło mi przez myśl wspomnienie zdjęcia Ilsy, tej od geologicznego ciała, która wczasowała się na naszym postrzępionym wybrzeżu, prezentując swe uroki i wypowiadając ogólniki na temat naszej lubieżnej nacji.

– Tak, śliczna dziewczynka, zaiste. Widzę, że ma pan dobry gust – stwierdziłem.

Postarałem się zapamiętać rysy Isabelity Peraplany, odłożyłem czasopismo na stos i zagadnąłem, udając niewiedzę:

– Dlaczego pokazał mi pan zdjęcie piątej klasy? Nie mam wykształcenia, ale wydaje mi się, że w tamtych czasach szkoła średnia trwała sześć lat, nie pięć.

– Dobrze się panu wydaje. Sześć lat i kurs przygotowawczy na studia, w tej samej szkole. Isabelita nie przystąpiła do matury.

– Dlaczego? Nie przykładała się do nauki?

– Przykładała, a jakże. Tak naprawdę to nie wiem, co się stało. Odszedłem ze szkoły, jak już panu wspomniałem, w tym właśnie roku i nie dochodziły do mnie później wieści o dziewczynkach. Przez jakiś czas miałem nadzieję, że któraś mnie odwiedzi, ale żadna nie przyszła.

– Skąd zatem wie pan, że Isabelita przerwała naukę?

– Ponieważ nie pojawia się na zdjęciu w kwietniowym numerze z następnego roku, który otrzymałem dzięki szczodrości zakonnic.

– Czy pozwoli pan, że sam sprawdzę?

– Ależ proszę.

Poszukałem i odnalazłem numer z kwietnia siedemdziesiątego drugiego, a w nim zdjęcie szóstej klasy. Isabelity tam nie było, lecz o tym już dowiedziałem się od matki przełożonej w domu wariatów. Szukałem czegoś innego, a moje podejrzenia się potwierdziły: Mercedes Negrer także znikła ze zdjęcia. Choć wiele rzeczy pozostawało niejasnych, niektóre fragmenty łamigłówki zaczynały do siebie pasować. Odłożyłem czasopisma na miejsce i podniosłem się, zamierzając pożegnać gościnnego ogrodnika i podziękować wylewnie za przyjęcie.

– Do usług – powiedział. – Chciałbym tylko zapytać pana o jedną rzecz, jeśli nie ma pan nic przeciwko temu.

– Słucham uważnie.

– Po co pan tu przyszedł?

– Dowiedziałem się, że miejsce ogrodnika w szkole jest znowu wolne. Pomyślałem, że mogłoby to pana zainteresować. Jeśli czuje się pan na siłach, proszę się zgłosić za kilka dni i nie mówić, że przychodzi pan z mojego polecenia; miałbym problemy w związku.

– Za Franco żyło się lepiej – szepnął staruszek.

– Nie pan jeden to mówi – potwierdziłem.

Rozdział VIII

Przedmałżeńskie wtargnięcie

Dom państwa Peraplanów, który zlokalizowałem dzięki książce telefonicznej, jako że znalazłem w niej tylko dwóch Peraplanów – ten drugi miał gabinet pedicure w dzielnicy Verneda – był jedyną willą przy ulicy Reina Cristina Eugenia. W pozostałych budynkach z czerwonej cegły, o przeszklonych ścianach i olśniewających portierniach, w których puszyli się portierzy w wielobarwnych liberiach, mieściły się luksusowe apartamenty. Przed jedną z bajkowych portierni zebrała się grupka służących w uniformach, do których skierowałem się cwaniackim, kołyszącym krokiem, robiącym zwykle wrażenie na słabej płci.

– Cześć, ślicznotki – pozdrowiłem je, obrzucając uwodzicielskim spojrzeniem.

Moja nonszalancja została przyjęta śmiechem i szczebiotem.

– Popatrz no, kto przyszedł – wykrzyknęła jedna ze służących. – Sandokán!

Pozwoliłem, by naśmiewały się ze mnie przez chwilę, po czym udałem bezbrzeżny smutek. Dyskretnie szczypiąc się w krocze, sprawiłem, że do oczu nabiegły mi łzy. Dziewczęta, które tak naprawdę miały złote serca, okazały współczucie i zapytały, co mi jest.

– Przydarzyło mi się coś ogromnie smutnego; opowiem wam. Nazywam się Toribio Sugrañes. Byłem w wojsku razem z panem Peraplaną, co to mieszka w tamtej pięknej willi. On bez przerwy grywał w szachy, a ja byłem głupkiem i pośmiewiskiem oddziału. Raz na ćwiczeniach mulica w rui byłaby mu dała straszliwego kopa, ale nadstawiłem się i uratowałem Peraplanie życie. Straciłem przy tym ząb trzonowy, którego brak nietrudno zauważyć. Jak można było się spodziewać, Peraplana był mi ogromnie wdzięczny i przysiągł, że gdybym kiedyś czegoś potrzebował, mam tylko zwrócić się do niego. Upłynęło wiele lat i znalazłem się, jak możecie wywnioskować z mego wyglądu, w ciężkim położeniu. Wspominając niegdysiejszą obietnicę, przyszedłem dziś zastukać do drzwi Peraplany z zamiarem przypomnienia o długu wdzięczności i jak myślicie, jak mnie przyjął? Z otwartymi ramionami? Guzik! Kopnął mnie w dupę!

– A czegoś się spodziewał, brysiu? – skwitowała jedna ze służących.

– Z choinkiś się urwał? – zawtórowała jej druga.

– Taki to chyba wierzy, że bocian dzieci przynosi – zakpiła trzecia.

– Nie śmiejcie się – powiedziała inna, wyglądająca na najbardziej rozgarniętą, która chyba nie miała nawet szesnastu lat, kandyzowana wisienka. – Wszyscy bogaci to łajdaki. Powiedział mi to mój narzeczony, który jest w partii.

– Nie bądźcie złośliwe – sprzeciwiła się piąta, której uniform, cokolwiek przykrótki, pozwalał dostrzec nader apetyczne szyneczki pośladków. – Od historii z mulicą minęło sporo lat, a swoją drogą te lata bardziej widać po panu Peraplanie niż po tobie, żołnierzyku. Na pewno byliście razem w wojsku?

– Tak, ale ja odsłużyłem swoje w przepisowym wieku, a Peraplana miał ciągle odroczenia. Stąd owa różnica wieku, którą tak mądrze zauważyłaś, ślicznotko.

Właścicielka szyneczek, najwyraźniej usatysfakcjono-
wana owym zaimprowizowanym wyjaśnieniem, dodała:
– O ile wiem, Peraplanowie to dobrzy ludzie. Dobrze
płacą i nie awanturują się. A teraz może wszystko jest tam
przewrócone do góry nogami z powodu ślubu dziewczynki.
– Isabelita wychodzi za mąż? – zapytałem.
– Z nią też byłeś w wojsku? – zapytała ta od szyneczek,
której zdolności dedukcyjne zaczynały stawać się niebez-
pieczne.
– Na przepustce z okazji przysięgi Peraplana spotkał
się ze swoją narzeczoną w Salou. Zaszła w ciążę i kiedy
poszedł do rezerwy, musiał się z nią ożenić. Powiedział mi,
że jeśli to będzie dziewczynka, nazwie ją Isabelita. Jak ten
czas pędzi! I jak bardzo chciałbym zobaczyć ją teraz! Tyle
wspomnień!
– Nie sądzę, żeby cię zaprosili na wesele, misiu – ucięła narzeczona członka partii. – Mówią, że pan młody jest
nadziany.
– A przystojny? – chciała wiedzieć inna.
– Jak prezenter z wiadomości telewizyjnych – stwierdziła kandyzowana wisienka.
Zrobiło się późno i służące rozpierzchły się jak stado
turkawek, które spłoszone nagłym dźwiękiem wzbijają się
do lotu, opróżniając żołądki, by zmniejszyć ciężar ciała.
Zostałem sam na ulicy, bardzo teraz spokojnej, i poświę-
ciłem kilka sekund na opracowanie zarysów planu, a w celu
jego przeprowadzenia ponownie sięgnąłem do kubłów na
śmieci, które stały się dla mnie substytutem domów han-
dlowych Corte Inglés. Stare pudełko, papier, sznurek i inne materiały posłużyły mi do sfabrykowania paczki, z którą w ręku skierowałem się do domu państwa Peraplanów.
Przemierzyłem tchnący świeżością ogród z podjazdem wy-
sypanym żwirem, gdzie parkowały dwa seaty i jeden renault,
oraz z trawnikiem, na którym królował marmurowy wodo-
trysk, a obok niego fotel bujany i biały stolik ocienione pa-

rasolem w paski. Zatrzymałem się przed przeszklonymi drzwiami wejściowymi i nacisnąłem dzwonek, który zamiast dzyyńń, zrobił ding-dong. Otworzył mi brzuchaty kamerdyner; pozdrowiłem go lekkim skinięciem głowy.

– Przysłano mnie ze sklepu jubilerskiego Sugrañes przy Paseo de Gracia – powiedziałem. – Przynoszę prezent ślubny dla panny Isabel Peraplany. Czy panienka jest w domu?

– Tak, ale nie może pana teraz przyjąć – odrzekł kamerdyner. – Proszę dać mi przesyłkę, a ja przekażę ją pannie Peraplanie.

Wyjął z kieszeni kilka monet dwudziestopięciopesetowych, a ja, umierający z głodu, rozważyłem możliwość przyjęcia ich i salwowania się ucieczką. Przezwyciężyłem jednak tę małoduszną pokusę i, odchylając się w bok, umieściłem paczkę poza zasięgiem kamerdynera.

– Panienka musi mi podpisać kwit – wyjaśniłem.

– Jestem uprawniony do podpisywania w jej imieniu – powiedział wyniośle kamerdyner.

– Ale ja nie jestem uprawniony do wydania przesyłki, jeśli panienka Isabel Peraplana nie podpisze własnoręcznie w mojej obecności. Regulamin firmy.

Moja stanowczość zachwiała pewnością kamerdynera.

– Panienka nie może teraz podejść, powiedziałem już panu, mierzy suknię ślubną.

– Zróbmy tak – zaproponowałem – proszę zadzwonić do mojej firmy i jeśli mi pozwolą, z największą przyjemnością przyjmę już nawet nie pański podpis, lecz słowo honoru.

Dość przekonany moimi wiarygodnymi racjami, kamerdyner wpuścił mnie do środka. Pomodliłem się w myśli do wszystkich świętych, by w holu nie było telefonu, i zostałem wysłuchany. Hol miał kształt koła przykrytego wysokim, sklepionym sufitem. Zamiast mebli stały tu donice z małymi palmami i brązowe rzeźby nagich olbrzymek i karzełków. Kamerdyner polecił mi, bym poczekał, podczas gdy on zadzwoni z ofisu. Zawsze byłem przekonany, że ofis to skrót od „oficjalny sraczyk", lecz nie uzewnętrzniłem mego zdziwienia. Zapytany o numer telefonu do sklepu, odrzekłem, że nie pamiętam.

– Niech pan poszuka w książce telefonicznej pod hasłem Sklep Jubilerski Sugrañes. Jeśli nie będzie, proszę spróbować pod Jubilerzy Sugrañes. A jeśli tam też pan nie znajdzie, to może pod Przedmioty Wartościowe Sugrañes. I proszę zapytać o Sugrañesa ojca. Syn jest opóźniony w rozwoju i niekompetentny w sprawach tej rangi.

Gdy tylko kamerdyner zniknął, pokonałem, przeskakując po cztery stopnie naraz, wyłożone dywanem schody w głębi holu, a znalazłszy się na piętrze, zacząłem otwierać po kolei wszystkie drzwi. Po trzeciej próbie trafiłem na pokój, którego szukałem. Znajdowały się w nim dwie osoby, jedna w podeszłym wieku, która zapewne była krawcową, gdyż na jej ramieniu błyszczała, niczym galony starszego kaprala, poduszeczka pełna szpilek. W drugiej osobie rozpoznałem natychmiast Isabel Peraplanę, mimo lat, jakie dzieliły dziewczynkę ze zdjęcia z czasopisma cnotliwego ogrodnika od kobiety, która stała teraz przede mną w pełni urody, a była piękna tak, że pociąg by stanął. Jasne loki spadały jej falami na delikatnie zarysowane ramiona, a czoło wieńczył diadem z białych kwiatuszków. Cały jej strój składał się ze skąpego białego staniczka i koronkowych majteczek, z których wydostawały się gdzieniegdzie złociste kędziorki. Dla dopełnienia obrazu dodam, że obie kobiety miały otwarte usta i że z obu ust dobywały się okrzyki przestrachu wywołanego niewątpliwie moim nieoczekiwanym wtargnięciem.

– Przynoszę cenny podarek ze sklepu jubilerskiego Sugrañes – wyjaśniłem pośpiesznie, wymachując fałszywą przesyłką, w której wnętrzu pobrzękiwały dwie puste puszki po sardynkach, umieszczone tam przeze mnie w nadziei, że odgłos ów zostanie wzięty za dźwięk wydawany przez szlachetny kruszec.

Moje słowa nie uspokoiły jednak skonsternowanych pań. Zdecydowany na wszystko, zbliżyłem się do krawcowej i ryknąłem:

– A teraz cię zjem, gołąbku!

Na co ona pomknęła w stronę drzwi, zostawiając za sobą smugę szpilek niczym Tomcio Paluch, który znaczył swój ślad okruszynami chleba, i wzywając pomocy co sił w płucach. Pozbywszy się krawcowej, zamknąłem drzwi i zasunąłem zasuwkę, po czym odwróciłem się do Isabelity Peraplany, wpatrzonej we mnie, oniemiałej z przerażenia i usiłującej zasłonić swą nagość dłońmi, co z pewnością wyprowadziłoby mnie z równowagi, gdybym nie miał jej do przekazania ważnej wiadomości.

– Panno Peraplana – powiedziałem szybko – mamy tylko kilka minut. Proszę wysłuchać mnie z największą uwagą. Nie jestem posłańcem ze sklepu jubilerskiego Sugrañes. Nie sądzę nawet, by istniała taka firma handlowa. Przesyłka, którą trzymam w ręku, zawiera wyłącznie kilka pustych puszek i posłużyła mi jedynie jako pretekst, by dostać się do tego domu, na co się odważyłem, aby móc porozmawiać z panią na osobności. Nie musi się pani niczego obawiać z mej strony. Jestem byłym przestępcą przebywającym na wolności zaledwie od wczoraj. Policja szuka mnie, by ponownie zamknąć w domu wariatów, ponieważ uważają, iż jestem zamieszany w śmierć pewnego człowieka, a może nawet dwóch, w zależności od tego, czy ci od karabinu maszynowego trafili sobie w ogrodnika, czy też nie. Oskarża się mnie także o posiadanie narkotyków: kokainy, amfetaminy i kwasu lizergowego. Moja nieszczęsna siostra, z zawodu kurwa, trafiła przeze mnie do pudła. Widzi więc pani, w jakiej dramatycznej sytuacji się znajduję. Powtarzam, że nie musi się pani niczego obawiać, nie jestem ani wariatem, za którego mnie uważają, ani zbrodniarzem. To prawda, że trochę cuchnę potem, winem i śmietnikiem, lecz wszystko to ma proste wyjaśnienie, którego chętnie bym pani udzielił, gdybym dysponował czasem, lecz nim niestety nie dysponuję. Nadąża pani za mną?

Pokazała na migi, że tak, lecz nie wyglądała na całkiem przekonaną. Pomyślałem, że jest rozpieszczona, a przez to źle wychowana.

– Chcę tylko, by pani dobrze pojęła jedną rzecz – ciągnąłem, podczas gdy z przedpokoju dochodził tubalny głos kamerdynera żądającego, bym natychmiast otworzył drzwi.

– Od powodzenia mego śledztwa zależy wolność moja i mej nieszczęsnej siostry. Może to nie mieć dla pani najmniejszego znaczenia, zwłaszcza w przeddzień ślubu z młodzieńcem majętnym i utalentowanym, jak poinformowały mnie służące sąsiadów, a także szczęściarzem, co mogę dodać ja sam na widok skarbu, który trafia w jego ręce, w związku z czym pragnę w przelocie złożyć państwu życzenia wiecznej pomyślności. Muszę jednak, jak już wspomniałem...

– Policja jest w drodze! – zagrzmiał kamerdyner. – Proszę wyjść z rękami w górze, a nic się panu nie stanie!

– ... muszę jednak, jak już wspomniałem, rozwiązać pewną sprawę, a do tego potrzebuję pani współpracy, panno Isabel.

– Czego pan chce ode mnie? – szepnęła młoda kobieta urywanym głosem.

– Była pani uczennicą w szkole sióstr lazarystek San Gervasio, nieprawdaż? Tak, tak, tak było, ponieważ wiem o tym i ponieważ widziałem pani zdjęcie w numerze „Róż dla Marii Panny" z kwietnia siedemdziesiątego pierwszego roku.

– Uczęszczałam do tej szkoły, to prawda.

– Nie uczęszczała pani, lecz mieszkała w internacie aż do piątej klasy. Była pani zdolną i pilną uczennicą, siostrzyczki panią uwielbiały. Ale pewnej nocy pani znikła.

– Nie wiem, o czym pan mówi.

– Pewnej nocy w tajemniczy sposób opuściła pani sypialnię, przeniknęła przez szereg zamkniętych drzwi, przebyła ogród tak, że nie zauważyły tego brytany, przeskoczyła pani wysoką bramę lub mur i rozpłynęła się w ciemnościach.

– Jest pan całkowitym wariatem – skwitowała młoda kobieta.

– Znikła pani bez śladu i cała barcelońska policja nie była w stanie ustalić pani miejsca pobytu do momentu, gdy dwa dni później przebyła pani tę samą drogę i pojawiła się w sypialni jakby nigdy nic. Matce przełożonej powiedziała pani, że nie pamięta, co się z nią działo, ale to niemożliwe. Nie może pani nie pamiętać, że dokonała dwukrotnie tak niezwykłych czynów, nie może pani nie pamiętać, co robiła i gdzie się ukrywała przez dwa dni spędzone poza światem żywych. Proszę mi opowiedzieć, co się wydarzyło. Proszę mi opowiedzieć, na miłość boską, a przyczyni się pani do uratowania niewinnej dzieweczki i do rehabilitacji społecznej biednej istoty ludzkiej, która marzy wyłącznie o szacunku bliźnich i gorącym prysznicu.

W korytarzu zadudniły ciężkie kroki, a następnie rozległy się zdecydowane uderzenia w drzwi: policja. Popatrzyłem ze smutkiem na młodą kobietę.

– Błagam panią, panno Isabel!

– Nie wiem, o czym pan mówi. Przysięgam na to, co najmocniej kocham, że nie wiem, o czym pan mówi.

W jej głosie brzmiała rozpaczliwa szczerość, lecz choćby wypowiedziała tę kwestię, parskając śmiechem, i tak musiałem na niej poprzestać, ponieważ ustępowały już zawiasy drzwi, a w szparę między drzazgami ich górnej części wsuwała się wzniesiona pałka policjanta. Ograniczyłem się zatem do prośby o wybaczenie za kłopot i rzuciłem się głową w dół przez okno w chwili, gdy przedstawiciel władzy wyciągał w mą stronę dłoń w regulaminowej rękawiczce.

Spadłem na maskę jednego z seatów zaparkowanych na podjeździe i oprócz rozdarcia tylnej części spodni na antenie, czym włączyłem się w falę erotyzmu zalewającą nas za sprawą cudzoziemców, którym chętnie wtórowały rodzime gwiazdy, ochoczo obnażające te części obwisłych ciał, które w zamierzchłej przeszłości, nie dalej jak wczoraj, jeszcze skromnie zakrywały, nie odniosłem poważniejszych strat materialnych. Policjant, uznając niechybnie, że otrzymywane uposażenie nie usprawiedliwia ryzyka pójścia w me ślady, zadowolił się opróżnieniem magazynku karabinu maszynowego w seata, który już opuściłem, upodabniając jego silnik, karoserię i szyby do sera gruyère. Napomknę w przelocie, iż świadom jestem, że gruyère nie ma dziur, charakterystycznych raczej dla innego gatunku, którego nazwa mi umknęła, a porównania z gruyère'em użyłem z tej przyczyny, że w języku potocznym naszej ziemi zwykło się określać tym mianem wszelką powierzchnię pokrytą otworami. Dodam jeszcze, iż odczułem pewien zawód, gdy przedziurawiony samochód nie wybuchł, jak zwykły czynić analogiczne pojazdy w serialach telewizyjnych, choć nie jest dla mnie tajemnicą, że między rzeczywistością a fantazją rozciąga się przepaść, a sztuka i życie nie zawsze chodzą w parze.

Zeskoczyłem zatem z samochodu na ziemię, a następnie przesadziłem ogrodzenie, po czym ze zdumiewającą chyżością pomknąłem ulicą, używając głowy jako tarana, by zrobić sobie przejście między gapiami zwabionymi przez krzyki i strzały. Chciało szczęście, iż policja uznała *a priori*, że ma do czynienia z niedoszłym gwałcicielem i zachowała się z niefrasobliwością i pobłażliwością właściwą jej postępowaniu z tą kategorią spraw, nie podejrzewając, że chodzi o terrorystę, w którym to wypadku nie omieszkałaby otoczyć całej dzielnicy i zastosować nowoczesnej technologii pozostającej do jej dyspozycji. Znalazłszy się w bezpiecznym miejscu, zrekapitulowałem wydarzenia dnia. Rozmowę z Isabel Perapláną mogłem uznać bez ogródek za klęskę, a niebezpieczeństwa, którym musiałem stawić czoło, za niewspółmierne w porównaniu z odniesionym zyskiem. Nie zamierzałem się jednak poddawać, gdyż została mi w ręku ostatnia karta, zmaterializowana w osobie Mercedes Negrer, której imię zataili przede mną wszyscy rozmówcy, oprócz ostatniego, z powodów, które zdały mi się ważkie.

Rozdział IX

Wycieczka na wieś

W książce telefonicznej było dziesięciu Negrerów. Zawsze się zastanawiałem, dlaczego władze przyzwalają na powtarzanie nazwisk, odzierając je tym samym z wszelkiej użyteczności i podsycając zamieszanie wśród obywateli. Bo cóż zrobiłaby nasza efektywna poczta, gdyby dwadzieścia miejscowości nosiło nazwę, dajmy na to, Segowia? W jaki sposób byłyby ściągane mandaty, gdyby wiele samochodów miało identyczne numery rejestracyjne? Jakież czekałyby nas rozkosze podniebienia, gdyby we wszystkich pozycjach menu widniało jedno tylko słowo: rosół?

Nie był to jednak właściwy moment na planowanie reform ewidencyjnych i odłożyłem refleksje na bok, koncentrując się na zadaniu, które jawiło mi się, całkiem słusznie, jako pracochłonne. Fortuna, która dotychczas mi sprzyjała, odwróciła się teraz tyłem i musiałem odbyć dziewięć kłopotliwych rozmów, zanim kobiecy głos, brzmiący nieco chrapliwie, przyznał, że należy do Mercedes Negrer.

– Witam panią serdecznie – powiedziałem, starając się nadać głosowi gardłowe brzmienie. – Tu Telewizja Hiszpańska z naszego studia w Padro del Rey. Mówi Rodrigo Sugrañes, dyrektor programowy. Czy byłaby pani tak miła i poświęciła nam kilka sekund swego cennego czasu? Tak?

To wspaniale! Widzi pani, przygotowujemy właśnie nowy program z działu „Aktualności", nader zgodny z duchem czasu, którego tytuł brzmi „Młodzież i demokracja". W tym celu przeprowadzamy wywiady z przedstawicielami pokolenia, które przyszło na świat w latach pięćdziesiątych i wkrótce będzie miało sposobność ruszyć do urn... wie pani, wszystkie te bzdury. Pani zaś, według naszych danych, urodziła się około roku... momencik, proszę nie mówić – wykonałem w pamięci szybką operację arytmetyczną: czternaście lat sześć lat temu, siedemdziesiąt siedem minus dwadzieścia – pięćdziesiątego siódmego, czy dobrze mówię?

– Mówi pan źle – odrzekł głos. – Urodziłam się w... cóż to ma za znaczenie? Pan chce rozmawiać nie ze mną, lecz z moją córką.

– Ubolewania godna pomyłka, droga pani, lecz jakże mogłem przypuszczać, że nie jest pani swoją córką? Ma pani głos tak młodzieńczy, moduluje tak śpiewnie... Czy może pani poprosić do aparatu córkę?

Wyczułem w jej głosie wahanie, lecz nie wiedziałem, czemu je przypisać.

– Nie... nie ma jej.

– Czy wie pani, kiedy wróci?

– Nie mieszka tutaj.

– Czy mogłaby pani być taka uprzejma i podać mi adres zamieszkania córki?

Znowu wahanie. Czyżby cała rodzina została ukarana, naznaczona piętnem lekkomyślności córki?

– Nie jest w mojej mocy wyjawienie panu miejsca pobytu mojej córki, panie Sugrañes. Jest mi bardzo przykro, proszę mi wierzyć.

– Ależ proszę pani, czy odmówi pani współpracy z Telewizją Hiszpańską, która każdego wieczoru dociera do wszystkich domostw naszej ojczyzny?

– Powiedzieli mi, żebym nie...

– Pani Negrer, proszę mnie dobrze zrozumieć. Nie wiem, kto co pani powiedział, lecz mogę zapewnić panią, że nie przemawiam w imieniu własnym ani w imieniu milionów telewidzów, którzy codziennie włączają odbiorniki telewizyjne i wyczekują spotkania z nami. W najściślejszej tajemnicy powiem pani, że pan minister informacji i turystyki, jeśli jeszcze taką nazwę nosi ta jakże wysoka instancja rządowa, jest nadzwyczaj zainteresowany owym pilotażowym programem. Droga pani!

Przez moment bałem się, że odłoży słuchawkę. Usłyszałem jej przyśpieszony oddech. Wyobraziłem sobie falujący biust, być może strużkę potu na mostku i największym wysiłkiem woli odpędziłem od siebie te obrazy. Odpowiedziała mi:

– Moja córka, mała Merceditas, nadal mieszka w Pobla de l'Escorpí. Być może, jeśli, jak pan mówi, sam pan minister jest zainteresowany, mógłby wstawić się u... kompetentnych władz, by położyły kres tej bolesnej rozłące.

Nie miałem pojęcia, o czym mówi, ale uzyskałem informację, której szukałem, a to było najważniejsze.

– Proszę się nie trapić, droga pani, nie ma takiej dźwigni, której nie poruszyłaby telewizja. Tysiączne dzięki i do zobaczenia na wizji!

Wyszedłem z budki cuchnącej psami i na ośmiokątnym zegarze zdobiącym witrynę sklepu gorseciarskiego sprawdziłem, która jest godzina: wpół do siódmej. Wróciłem do budki, zadzwoniłem na informację, poprosiłem o numer informacji kolejowej, zadzwoniłem na informację kolejową i po mniej więcej czterdziestu próbach jakimś cudem udało mi się dodzwonić. Ostatni pociąg do Pobla de l'Escorpí odjeżdżał za dwadzieścia minut z dworca Cercanías. Zatrzymałem taksówkę, obiecałem taksówkarzowi dobry napiwek, jeśli zdąży dowieźć mnie na stację. Połowę trasy przejechaliśmy po chodniku, lecz dotarliśmy przed dworzec na dwie minuty przed odjazdem pociągu. Wykorzystując czerwone światło, wyskoczyłem z taksówki i pomknąłem między stłoczone na chodniku samochody. Taksówkarz nie mógł opuścić pojazdu i ograniczył się do obrzucenia mnie obelgami płynącymi z głębi duszy. Punkt o siódmej wpadłem do zakopconego holu i straciłem całą minutę na ustalenie właściwego peronu. Gdy wreszcie osiągnąłem cel, skład, do którego tak rączo zmierzałem, właśnie był podstawiany. Znaczenie tego terminu, niezwykle powszechnego w żargonie kolejowym, do dziś pozostaje dla mnie zagadką; tak czy owak, dzięki przysłowiowej niepunktualności hiszpańskich kolei byłem uratowany.

Peron i cały dworzec stanowiły istne pandemonium. Niedawno rozpoczął się obfity i dochodowy przypływ turystów, którzy rok w rok z uporem maniaka najeżdżają nasz kraj w poszukiwaniu pieszczot naszego słońca, tłoku naszych plaż oraz niedrogiej i reputowanej strawy, to jest wodnistego gazpacho, podejrzanych pulpetów i plasterka melona. Zdezorientowani podróżni nadaremnie usiłowali przełożyć na swoje języki zgrzytliwe zapowiedzi dochodzące z megafonów. Pod osłoną owego zamieszania ukradłem jakiemuś dziecku brązowy kartonik uprawniający mnie do przejazdu w majestacie prawa. Nieco później byłem świadkiem sceny, w której matka wymierzyła dziecku siarczysty policzek pod surowym wzrokiem konduktora. Zrobiło mi się żal chłopca, lecz pocieszyłem się myślą, iż nauczka ta, być może, przyda mu się na przyszłość.

Zapadał zmrok, gdy pociąg minął ostatnie zabudowania miasta i zanurzył się w posępne pola. Choć wagon był przepełniony i wielu pasażerów musiało stać w wąskim korytarzu, nikt koło mnie nie usiadł, najwyraźniej z powodu fetoru wydzielanego przez moje pachy. Postanowiłem wykorzystać wrażliwe powonienie bliźnich i wyciągnąwszy się na siedzeniu, po krótkiej chwili dałem się zmóc

zmęczeniu i zapadłem w sen. Moje sny, w których niebaga-
telną rolę odgrywała Ilsa, wyuzdana socjolożka, szybko
przybrały odcień zdecydowanie erotyczny, czego kulmi-
nacją stało się niekontrolowane wydalenie nasienia, jakże pouczające dla dzieci podróżujących w wagonie, które z naukową ciekawością śledziły przemiany mego organizmu.

Dwie godziny później pociąg zatrzymał się przy sta-
cyjce z niewypalanej gliny, poczerniałej od sadzy i niedbal-
stwa. Na peronie stał szereg metalowych baniek, o wysokości mniej więcej jednego metra, na których boku można było przeczytać: Produkty Mleczne Mamasa, Pobla de
l'Escorpí. Wysiadłem z pociągu, gdyż miejscowość ta była
celem mej podróży.

Ze stacji do miasteczka wiła się dróżka kamienista
i mroczna, którą ruszyłem, nieco onieśmielony ciszą prze-
rywaną jedynie przez szum drzew i odgłos wydawany przez
jakieś żyjątko. Niebo było pełne gwiazd.

Miasteczko wyglądało na wymarłe. W gospodzie Can
Soretes powiedzieli mi, że Mercedes Negrer z pewnością
znajdę w szkole. Wymawiając to imię, pan Soretes, gdyż
wyczułem, że to z nim samym rozmawiam, przewrócił
oczami, mlasnął i sięgnął owłosioną ręką do części ciała,
którą skrywała lada. Zostawiłem go podrygującego kon-
wulsyjnie i skierowałem kroki ku szkole. W jednym z okie-
nek pobłyskiwało żółtawe światło. Przytykając nos do szyby, ujrzałem opustoszałą klasę, w której znajdowała się
tylko młoda kobieta o czarnych, bardzo krótkich włosach
– jej twarzy nie widziałem zbyt dokładnie – poprawiająca
papiery ze stosu zalegającego biurko nauczyciela. Zapu-
kałem delikatnie w szybę, a kobieta wzdrygnęła się. Przy-
kleiłem twarz do okna i mimo wiążących się z tym trudności spróbowałem się uśmiechnąć, aby uspokoić panią
nauczycielkę, gdyż wydedukowałem, że z nauczycielką
mam do czynienia, i Mercedes Negrer, w jednej osobie.

Gdy zdjęła okulary i podeszła do okna, rozpoznałem ją. W przeciwieństwie do swej przyjaciółki, Isabelity Peraplany, Mercedes Negrer bardzo się zmieniła, nie tyle dlatego, że jej fizjonomia doświadczyła przekształceń innych niż związane z naturalnym rozwojem biologicznym, ile z powodu tego, że wyraz jej oczu i kształt ust bardzo się różniły od tych, które uśmiechały się do mnie kilka godzin temu z atłasowych stron czasopisma „Róże dla Marii Panny". Oczywiście nie omieszkałem zauważyć, że rysy jej są, mimo wszystko, drobne, regularne i przyjemne; nogi, odziane w obcisłe spodnie z czarnego sztruksu, długie i najwyraźniej bardzo zgrabne; biodra okrąglutkie; talia wąska, a cycuszki, które na próżno usiłował przytrzymać wełniany sweter w prążki, mocne i skoczne. Pomyślałem, że należy do kobiet, które obywają się bez stanika, czyli do kategorii mogącej liczyć na moją aprobatę.

Wyżej opisana podniosła o kilka milimetrów okienko niczym gilotynę i zapytała, kim jestem i czego chcę.

– Moje nazwisko nic pani nie powie – stwierdziłem, próbując wsunąć usta w szparę. – A chcę z panią porozmawiać. Proszę, niech pani nie zamyka okna przed wysłuchaniem mnie. Proszę spojrzeć: położyłem na parapecie mały palec. Jeśli pani zamknie, spadnie na panią odpowiedzialność za to, co stanie się z moim kruchym kośćcem. Wiem, że nazywa się pani Mercedes Negrer, a adres ten otrzymałem od matki pani, czarującej osoby; zechce pani zauważyć, że jako matka nie uczyniłaby tego, gdyby intencje me nie były absolutnie prawe. Przybyłem *ex professo* z Barcelony, by zamienić z panią kilka zdań. Nie zrobię pani nic złego. Proszę.

Mój błagalny ton i szczery wzrok musiały przekonać ją, gdyż podniosła nieco wyżej ostrze okna.

– Proszę mówić – zachęciła.

– To, co mam do powiedzenia, jest poufne i, być może, zabierze nam jakiś czas. Czy nie moglibyśmy porozmawiać w bardziej dyskretnym miejscu? A przynajmniej proszę mi pozwolić wejść i usiąść w ławce. Nigdy nie siedziałem w ławce szkolnej, gdyż edukacja moja zawiera, oględnie mówiąc, pewne luki.

Mercedes Negrer zastanowiła się przez kilka sekund, podczas których udało mi się ani razu nie wbić wzroku w jej apetyczne piersi.

– Możemy pójść do mnie – powiedziała, co w równym stopniu zaskoczyło mnie i uradowało. – Tam będzie stosunkowo spokojnie i będę mogła poczęstować pana, jeśli pan zechce, szklaneczką wina.

– Gdyby to mogła być pepsi-cola... – odważyłem się zasugerować.

– Nie mam w lodówce czegoś takiego – powiedziała tonem niesłusznie rozbawionym – ale jeśli gospoda jest jeszcze czynna, na pewno sprzedadzą nam butelczynę.

– Była czynna jeszcze minutę temu – poinformowałem – ale nie miałem zamiaru sprawiać pani tyle kłopotu.

– To żaden kłopot. Klasówki wychodziły mi już bokiem – powiedziała głośno, chowając do szuflady biurka papiery, które przed chwilą czytała. Wrzuciła okulary wprost do parcianej torby, przewiesiła ją przez ramię i zgasiła światło. – Dawniej, to znaczy za moich czasów, nauczanie wyglądało inaczej. Dzieci świetnie się bawiły, poznając prymitywny erotyzm historii biblijnych i przesłodzone bajania o czynach wielkich mężów naszego imperium. A teraz mają tylko teorie zbiorów, banały językowe i zniechęcające i nieprawdopodobne wychowanie seksualne.

– Za Franco żyło się lepiej? – spróbowałem ją wysondować, powtarzając slogan zasłyszany z ust cnotliwego ogrodnika.

– Każden czas dawny lepszym nam się zdaje – zacytowała średniowiecznego poetę, śmiejąc się jowialnie, przy czym otworzyła usta równie szeroko jak okno. Przełożyła nogę przez parapet. – Niech mi pan pomoże zeskoczyć.

W porywie optymizmu kupiłam sobie spodnie za małe o dwa numery.

Podałem jej rękę.

– Nie, człowieku, nie tak! Niech pan mnie chwyci w pasie, bez obaw, nie rozbiję się. Mocniej mnie szturchali. Jest pan nieśmiały, zahamowany czy po prostu głupi?

Jej ciało zetknęło się z moim. Puściłem ją pośpiesznie i wpatrzyłem się w księżyc, by ukryć lubieżny błysk w oku, spowodowany przez ów kontakt. Świadomość, że zbliżenie pozwoliło jej poczuć mój ofensywny aromat, wystarczyła jednak, by przywrócić mi utracony spokój. W tym czasie Mercedes Negrer zamknęła okno i wskazała mi prowadzącą do gospody drogę, którą przybyłem, a gdy ruszyliśmy, oznajmiła, że niemal cieszy się z mej obecności, że w miasteczku, co rzucało się w oczy, życie towarzyskie nie kipi i że odosobnienie targa jej nerwy. Nie chciałem pytać, co skazało ją na to wygnanie i jakie powody zatrzymują ją w miejscu, którego najwyraźniej nienawidzi, gdyż podejrzewałem, iż odpowiedź na to pytanie będzie dokładnie tą informacją, której poszukiwałem, a zatem nie powinienem go zadawać bez podjęcia pewnych środków ostrożności.

Na szczęście dla mnie gospoda była jeszcze czynna, a impulsywny szef wycierał witrynę baru za pomocą sczerniałej szmaty i aerozolu z gatunku tych, które zabijają tlen. Podał nam pepsi-colę, o którą poprosiła Mercedes, nie przestając ani na sekundę wpatrywać się w jej kształty z nieskrywaną bezczelnością.

– Ile się należy? – zapytała nauczycielka.

– Wiesz przecież, że możesz mi zapłacić swymi truskawkowymi usteczkami, słonko – powiedział szef.

Nie speszona takim grubiaństwem Mercedes wyjęła z torby płócienną portmonetkę, a z niej banknot pięćsetpesetowy, który położyła na ladzie. Szef schował go do kasy fiskalnej i wydał resztę.

– Kiedy wreszcie zrobisz mi to, co ty i ja wiemy, Merceditas? – nalegał niezrażony, natrętny i lubieżny.

– Kiedy będę tak zdesperowana jak twoja żona – odrzekła mu z progu.

Zrozumiałem, że powinienem okazać moją przydatność, i gdy wyszliśmy z gospody, zapytałem dziewczynę, czy chce, bym wrócił i surowo ukarał zuchwałego prześladowcę za jego niewyparzony język.

– Nie, zostaw go w spokoju – powiedziała z pewną dwuznacznością w głosie. – On jest z tych, którzy mówią to, czego nie myślą. Większość postępuje na odwrót, a to jest gorsze.

– Tak czy owak – powiedziałem, nie omieszkawszy zauważyć, że przeszła na „ty" – nie chcę, by narażała się pani na koszty z mojego powodu. Proszę, oto pani pięćset peset.

– Tego by tylko brakowało. Zatrzymaj sobie swoje pieniądze.

– Nie są moje. Należą do pani. Podprowadziłem je z kasy, kiedy ten fanfaron plótł swoje.

– A to dobre! – wykrzyknęła, odzyskując utracony dobry humor, chowając banknot do kieszeni spodni i spoglądając na mnie po raz pierwszy z niejakim szacunkiem.

– Czy jest pani pewna – ośmieliłem się zapytać – że jeśli przyjmie mnie u siebie, nie zaczną się plotki?

Zmierzyła mnie od stóp do głów, nie przestając się uśmiechać.

– Nie uchybiając, nie sądzę – powiedziała. – Cieszę się wyjątkowo złą opinią, którą zresztą mam głęboko w dupie.

– Ogromnie mi przykro.

– To mnie przykro, że te plotki nie odpowiadają rzeczywistości. Jak mawiały siostry w mojej szkole, okazji do grzeszenia w tej dziurze jest jak na lekarstwo. Obyczaje się rozluźniły, dziewczyny się rozbudziły, konkurencja rośnie. Ja mam tę wadę, że nie wzbudzam zaufania. Kiedy rozbudowywali mleczarnię, przywieźli kilkunastu Senegalczyków do pracy przy taśmie. Oczywiście nielegalnie. Płacili im gówniane pieniądze i zwalniali, kiedy mieli dość ich karpieli – ze względu na oddalenie od miasta, a tym samym od głównych trendów mody, bezwstydne komentarze Mercedes wykazywały oznaki pewnej hybrydyczności. – Pomyślałam, że mogłabym odbić sobie braki z całego roku z czarnymi, a przy okazji sprawdzić słuszność pewnych mitów kulturowych. Ale w końcu nie spróbowałam. Dla ich dobra, rzecz jasna. Ci z miasteczka zlinczowaliby ich, gdyby podejrzewali, że do czegoś doszło.

– A pani nie?

– Nie co?

– Pani by nie zlinczowali?

– Nie, mnie nie. Po pierwsze, nie jestem czarna, co będziesz mógł stwierdzić, kiedy dojdziemy do tej latarni. A po drugie, już się przyzwyczaili. Początkowo w ogóle nie mogli sobie ze mną poradzić. Później ktoś wymówił słowo „nimfomanka", co ostudziło ich niepokój intelektualny. Magiczna moc języka.

– A jednak pozwalają pani zajmować się edukacją najmłodszego pokolenia – zauważyłem.

– Nie mają wyjścia. Gdyby to od nich zależało, wyrzuciliby mnie dawno temu. Ale nie mogą.

– Bezapelacyjna nominacja ministerialna?

– Nie. Nie mam nawet tytułu magistra. Los miasteczka zależy od spółdzielni mleczarskiej. Mamasa się nazywa, nie wiem, czy widziałeś bańki na stacji? Tak? No więc wyjaśnienie jest takie. Mamasa chce, żebym tu mieszkała, i będę tu mieszkać do końca świata.

– Kto jest właścicielem Mamasy? – zapytałem, choć domyślałem się, co mi odpowie.

– Peraplana – powiedziała i cień przerażenia przyćmił jej piękne, astygmatyczne oczy. – To on cię przysyła? – zapytała cienkim głosem.

– Nie, nie, ależ skądże. Jestem po pani stronie, proszę mi wierzyć.

Po chwili ciszy, kiedy obawiałem się już, że zamknie się w sobie, powiedziała „Wierzę ci" z takim przekonaniem w głosie, że pomyślałem, iż rozpaczliwie pragnie komuś zaufać. Ach, pomyślałem, gdyby okoliczności były inne...

Doszliśmy do drzwi wielkiego kamiennego domu, bardzo starego, wznoszącego się samotnie u wylotu cichej ulicy. Za domem rozpoczynały się pola. W oddali pluskała rzeka, a księżyc oświetlał majestatyczne góry w tle. Mercedes Negrer otworzyła drzwi ogromnym zardzewiałym kluczem o wyraźnych konotacjach priapicznych i zaprosiła mnie do środka. Dom był prowizorycznie umeblowany w stylu rustykalnym. Ściany saloniku, do którego mnie zaprowadziła, przesłaniały półki uginające się pod ciężarem książek. Książki leżały też na okrągłym stoliku i na fotelikach z wikliny. W kącie stał stary telewizor pokryty warstwą kurzu.

– Jadłeś kolację? – zapytała dziewczyna.

– Tak, dziękuję – powiedziałem, czując, że głód skręca mi kiszki w ciasny supeł.

– Nie kłam.

– Od dwóch dni nie miałem nic w ustach – wyznałem.

– Szczerość zawsze popłaca. Mogę usmażyć ci jajka, poza tym chyba zostało jeszcze trochę szynki. Mam też ser, owoce i mleko. Chleb jest z przedwczoraj, ale podsmażony z oliwą i czosnkiem da się zjeść. Mam jeszcze zupę z torebki i puszkę brzoskwiń w syropie. Aha, i nugat z Bożego Narodzenia, na pewno twardy jak skała. Wypij spokojnie pepsi-colę, a ja przygotuję kolację. I nie grzeb mi w papierach, bo niczego nie znajdziesz.

Wyszła z pośpiechem cokolwiek zastanawiającym. Ja zaś, pozostawiony sam na sam z pepsi-colą, rzuciłem się na fotel, wypiłem kilka łyków, po czym, zmożony trudami

ostatnich dni i wzruszony do szpiku kości nie tylko na-
dziejami, które pozwalała mi żywić przemowa mej amfi-
trionicy, lecz przede wszystkim jej tonem pełnym macie-
rzyńskiej troski, poczułem, że jestem o włos od wybuch-
nięcia niepowstrzymanym płaczem. Powstrzymałem się
jednak, jak przystało na dużego chłopca.

Rozdział X

Historia zbrodniczej nauczycielki

Uporałem się z wielkopańską kolacją i wgryzałem się
właśnie w kostkę nugata, który, choć czerstwy, smakował
niebiańsko, gdy zegar wiszący na ścianie salonu wybił godzinę jedenastą stosowną liczbą uderzeń. Mercedes Negrer, siedząca po turecku na dywaniku, choć nie brakowało w tym domostwie wolnych siedzeń, przypatrywała mi
się z szelmowską ciekawością. Za cały posiłek spożyła, ze
wstrzemięźliwością charakterystyczną dla osób zmęczo-
nych, kilka kęsów sera, surową marchewkę i dwa jabłka,
po czym zapytała, czy mam może skręta, na co musiałem
odrzec, że nie, ponieważ nie miałem, chociaż odpowie-
działbym tak samo, nawet gdybym miał to, o co prosiła,
ponieważ zależało mi, by zachowała jasność umysłu podczas sprytnego przesłuchania, jakiemu zamierzałem ją
poddać. Podczas kolacji, jak to ponoć bywa, gdy w powietrzu wisi burza, panowała całkowita cisza, jeśli pod poję-
ciem tym rozumiemy brak ekspresji werbalnej, jako że
moje mlaskanie, przełykanie i beknięcia budziły echa
w mrocznych czeluściach domostwa. Po przełknięciu
ostatniego kęsa uporządkowałem myśli i odezwałem się
następującymi słowy:

– Chociaż do tej pory nadużywałem jedynie twej bezgranicznej szczodrości, za którą jestem ci dozgonnie zo-

bowiązany, by nie dołączyła niewdzięczność do szerokiego spektrum mych wad nie całkiem błahych, choć nie do końca jestem odpowiedzialny za wiele z nich, obiecuję solennie w tejże chwili rozwiać tajemnicę mej wizyty szczegółową opowieścią o wydarzeniach, które ją poprzedziły, oraz wyłuszczeniem jej celu. Otóż prowadzę aktualnie śledztwo, od którego pomyślnego wyniku zależy wiele. Jestem, jak już napomknąłem, porządnym człowiekiem, choć nie zawsze tak było; znam, niestety, obydwa oblicza kamienia probierczego, jeśli metaforę taką można uznać za właściwą, w co wątpię, ponieważ nie wiem, co znaczy wyrażenie „kamień probierczy". Moje dawne występki zaprowadziły mnie do więzień i innych miejsc odosobnienia, o których wolę nie wspominać, by nie wywrzeć wrażenia gorszego, niż wywarł już mój wygląd.

– Przyhamuj, chłopie – powiedziała.

– Nie skończyłem – powiedziałem.

– Nie musisz – stwierdziła. – Od momentu, kiedy cię zobaczyłam, wiedziałam, po co przychodzisz. Oszczędźmy sobie omówień. Co chcesz wiedzieć?

– Co wydarzyło się sześć lat temu. Miałaś wtedy czternaście lat.

– Piętnaście. Straciłam rok z powodu szkarlatyny.

– Niech będzie piętnaście – zgodziłem się. – Dlaczego wydalono cię ze szkoły sióstr lazarystek San Gervasio?

– Nie przykładałam się do nauki.

Odpowiedziała zbyt szybko. Pokazałem na otaczające nas półki z książkami. Zrozumiała mój gest.

– Tak naprawdę za złe sprawowanie. Byłam zbuntowanym dzieckiem.

Przypomniałem sobie, że cnotliwy ogrodnik nazwał ją diablątkiem, choć pamiętałem też, że tego samego epitetu użył w odniesieniu do większości uczennic.

– Tak złe sprawowanie, że nie wystarczyły zwyczajne środki dyscyplinarne? – zapytałem.

– W tym wieku, śpieszę ci donieść, jeśli nie czytałeś Simone de Beauvoir, dziewczynki przechodzą przemianę. U niektórych odbywa się ona bez szczególnych objawów. Ja do nich nie należałam. Zjawisko to przebadali psychiatrzy, ale zakonnice w tamtych czasach nie orientowały się w tych sprawach zbyt dobrze i wolały uznać, że opętał mnie szatan.

– Z pewnością nie był to pierwszy przypadek.

– Toteż nie jestem pierwszą uczennicą wydaloną ze szkoły.

– Czy Isabel Peraplana też była opętana przez szatana?

Pauza, która nastąpiła po tym pytaniu, była dłuższa niż poprzednie. Dzięki długotrwałej terapii psychiatrycznej, jakiej poddano mnie w domu wariatów, wiedziałem, że ma to jakieś znaczenie, ale nie wiedziałem, jakie.

– Isabelita była wzorową uczennicą – powiedziała wreszcie Mercedes głosem pozbawionym wyrazu.

– To dlaczego ją wydalono, skoro była wzorową uczennicą?

– Ją zapytaj.

– Już to zrobiłem.

– I odpowiedź cię nie zadowoliła.

– Nie odpowiedziała mi. Powiedziała, że niczego nie pamięta.

– Wierzę – skwitowała Mercedes z dziwnym uśmiechem.

– Dla mnie też zabrzmiało to szczerze. Ale musi być coś jeszcze. Coś, o czym wszyscy wiedzą i co wszyscy ukrywają.

– Mają pewnie swoje powody, czy też mamy pewnie swoje powody, w zależności od tego, czy zaliczasz mnie do tych wszystkich. Dlaczego tak cię interesuje ta dawna historia? Opracowujesz reformę szkolnictwa?

– Isabel Peraplana zniknęła z internatu sześć lat temu w niewyjaśnionych okolicznościach i w takichże okolicznościach doń wróciła. Wygląda na to, że z tego powodu została wydalona ze szkoły, a z nią także i ty, jej najlepsza przyjaciółka i, jak można przypuszczać, powierniczka. Nie chcę wysnuwać zbyt pochopnych wniosków, lecz na tym etapie śledztwa uważam, że oba wydalenia pozostają ze sobą w pewnym związku i są ściśle związane z przelotnym zniknięciem Isabelity. Wszystko to, rzecz jasna, należy do odległej przeszłości, która nie obchodzi nikogo, a już najmniej mnie. Ale kilka dni temu, nie wiem dokładnie ile, bo straciłem rachubę czasu, ale niedawno, zniknęła kolejna dziewczynka. Policja zaoferowała mi wolność, jeśli ją odnajdę, a to już obchodzi mnie dość poważnie. Możesz na to powiedzieć, że ciebie moja wolność nie obchodzi ani odrobinę, czemu nie będę mógł przeciwstawić żadnego argumentu, bo takie jest prawo życia. Mogę jednak przynajmniej spróbować. Odwołałbym się do umiłowania prawdy i sprawiedliwości oraz innych wartości absolutnych, gdyby to one mi przyświecały, ale nie umiem kłamać, gdy chodzi o pryncypia. Gdybym umiał, nie byłbym takim śmieciem, jakim byłem przez całe życie. Zwracam się do pani nie z groźbą czy obietnicą, ponieważ wiem, że nie mogę legalnie uciec się do żadnego z owych środków, a zatem postępowanie takie byłoby niemalże śmieszne, jeśli nie po prostu śmieszne. Proszę panią o pomoc, ponieważ to tylko mogę zrobić: prosić, i ponieważ jest pani moją ostatnią nadzieją. Od pani wyrozumiałości zależy pomyślny koniec mojego przedsięwzięcia. Nic więcej nie dodam. Tylko to, że ponownie mówię do pani „pani", i to nie przez przypadek, ale dlatego, że udawana poufałość z osobami, które z różnych względów stoją nade mną w hierarchii społecznej, sprawia, iż czuję się na gorszej pozycji.

– Przykro mi – powiedziała ze zmarszczoną brwią, wytężonym spojrzeniem i przyśpieszonym oddechem. – Nie mam w zwyczaju ulegania szantażom uczuciowym. Nic z tego. Jest wpół do dwunastej. O dwunastej odjeżdża ostatni pociąg. Jeśli wyjdziesz stąd natychmiast, zdążysz bez trudu. Dam ci pieniądze na bilet, jeśli nie weźmiesz mi tego za złe.

– Nigdy nie biorę pieniędzy za złe – odrzekłem – ale jest nie wpół do dwunastej, lecz wpół do pierwszej. Na stacji sprawdziłem, kiedy odjeżdża ostatni pociąg, i przewidując pani reakcję, przesunąłem zegar o godzinę do tyłu, kiedy była pani w kuchni. Ubolewam nad tym, że odpłacam podłością za pani gościnność, ale jak już wyjaśniłem, gra toczy się dla mnie o wysoką stawkę. Proszę mi wybaczyć.

Upłynęło kilka sekund pełnych trwogi, podczas których drżałem, że przywali mi jakimś przedmiotem w głowę i wyrzuci za drzwi. Ujrzałem w jej oczach ten sam błysk nieco dziecinnego podziwu, jaki dostrzegłem, zwracając jej banknot zwinięty z gospody. Odetchnąłem – nie zamierzała stosować represji. Gdybym pamiętał wówczas, że choć nie zbywało jej na tupecie, Merceditas miała zaledwie nieco ponad dwadzieścia lat, oszczędziłbym sobie strachu.

– Nienawidzę cię – powiedziała tylko.

A gdyby me doświadczenie w zakresie uczuć nie ograniczało się do czterech świń, których gorzkie wspomnienie stebnuje ugór mego serca, poczułbym w tym momencie strach innego rodzaju, znacznie bardziej usprawiedliwiony. Lecz w księdze, której karty bezlitosny los przewracał od lat przede mną, brakowało rozdziału o czystych namiętnościach, więc nie zatrzymałem się dłużej nad tym, co uznałem za zasłużoną obelgę, ani nad dreszczem, który wstrząsnął mymi trzewiami na dźwięk jej rozżalonego głosu, a który przypisałem, ja głupi, skutkom niedawnego obżarstwa.

– Lepiej będzie – zaproponowałem – jeśli podejmiemy rozmowę tam, gdzie ją przerwaliśmy. Dlaczego wydalili panią ze szkoły?

– Za zabójstwo pewnego gościa.

– Co takiego?

– Czy nie chciałeś konkretnej odpowiedzi?

– Proszę mi opowiedzieć, co się wydarzyło.

– Isabel Peraplana i ja, jak już wiesz, byłyśmy przyjaciółkami. Ona była grzeczną dziewczynką, a jej złym duchem. Poza tym ona była głupia, a ja – sprytna; ona – niewinna, a ja – przedwcześnie dojrzała. Jej rodzice byli bogaci, moi nie. Mnie wysłali do tej szkoły kosztem ogromnych wyrzeczeń. Nie robili tego tylko dla mnie, rzecz jasna, traktowali to jako sposób wspięcia się po drabinie społecznej, przynajmniej podświadomie, i tak dalej. Przypuszczam, że ja też podzielałam ich sny o arystokracji; żyłam w cieniu Peraplanów, spędzałam z nimi wakacje, jeździłam ich samochodami, dawali mi w prezencie ubrania i różne rzeczy... Banalna historia.

– Słyszę ją pierwszy raz w życiu – powiedziałem, próbując jednocześnie dopasować do mego skąpego wyobrażenia o zamożności wizerunek nastoletniej Mercedes, której zresztą nie byłem w stanie pozbawić w myślach obecnych wyraźnych krągłości.

– Sytuacja ta, jak możesz się domyślać – ciągnęła – wydrążyła z czasem w mej psychice głęboką narcystyczną ranę, czego oczywiście w owej fazie rozwoju osobowości nie byłam w stanie zracjonalizować. Innymi słowy, moje *ego* doznało wówczas traumatycznego szoku.

– Przejdźmy do faktów, proszę.

– Nie wiem, kiedy ani jak zaczęło się to wszystko. Przy jakiejś okazji – mnie przy tym nie było – Isabel Peraplana poznała pewnego gościa. Nie wiem też, co musiało krążyć po jej główce rozpieszczonej dziewczynki, co w nim ujrzała, jakie głębokie instynkty podsycił w niej, Bóg wie jakimi słowy. Tak czy owak, mówiąc prostacko, uwiódł ją.

– Czy ją...?

– Tego nie powiedziałam – ucięła Mercedes. – Mam na myśli uwiedzenie miłosne. To tylko domysły.

– Dlaczego tylko domysły? Nic pani nie opowiedziała?

– Dlaczego miałaby mi cokolwiek opowiadać?

– Była pani jej najlepszą przyjaciółką.

– Takich rzeczy nigdy się nie opowiada najlepszym przyjaciółkom, kochanie. Cokolwiek to było, pewnej nocy Isabel uciekła ze szkoły, by się z nim spotkać.

– Zwierzyła się pani ze swych planów?

– Nie.

– To skąd pani wie, że uciekła ze szkoły, by się z nim spotkać?

– Bo wiem, co stało się później. Pozwól mi mówić i nie przerywaj. Isabel uciekła ze szkoły, by się z nim spotkać. Ale ja zauważyłam zmianę w jej zachowaniu i byłam czujna. Odkryłam jej ucieczkę i poszłam za nią tak, że o tym nie wiedziała. Nie przerywaj mi. Kiedy dotarłam na miejsce spotkania, które odkryłam nie bez trudu, trafiłam na okropną scenę. Pominę szczegóły. Być może dzisiaj ta sama scena wydałaby mi się normalna. Ale wtedy byłam bardzo młoda i pewne rzeczy uważałam za niedopuszczalne. Mówiłam ci już, że czułam się zobowiązana Peraplanom za wszystkie dobrodziejstwa, które mi wyświadczyli. Być może pomyślałam, że oto nadarza się okazja spłacenia długu, którego moja pozycja społeczna nie pozwalała spłacić w inny sposób. Nie tracąc czasu na zastanowienie się, chwyciłam nóż i wbiłam go tej kanalii w plecy. Zmarł na miejscu. Nie wiedziałyśmy, co zrobić z trupem. Isabel wpadła w histerię i zadzwoniła po ojca, który przyjechał natychmiast i zajął się wszystkim. W tym czasie zakonnice zawiadomiły policję, zaniepokojone zniknięciem Isabel. Peraplana porozmawiał z niejakim Floresem z Brygady Społecznej...

– Kryminalnej – poprawiłem.

– Wszyscy są tacy sami. Policja okazała zrozumienie. Isabel i ja byłyśmy małoletnie. Oczekiwał nas dom poprawczy i zwichnięte życie. Postanowili uznać to za obronę własną. Isabel wypisali ze szkoły. Myślę, że wysłali ją do Szwajcarii, jak to było wówczas w zwyczaju. Mnie wysłali tutaj. Spółdzielnia mleczarska, własność Peraplany, przekazywała mi pieniądze. Po jakimś czasie uzyskałam tyle, że pozwolili mi żyć na własny rachunek i robić coś pożytecznego. Zaczęłam uczyć w szkole. Reszta nie należy już do tematu.

– A co mówili na to wszystko twoi rodzice?

– Cóż mogli mówić? Nic. Wybór był prosty: propozycja Peraplany albo poprawczak.

– Odwiedzają cię?

– Na Boże Narodzenie i Wielkanoc. Do zniesienia.

– Skąd bierzesz tyle książek?

– Na początku przysyłała mi matka, ale ona kupowała tylko Nagrody Planeta. Potem nawiązałam kontakt z pewnym księgarzem z Barcelony. Przysyła mi katalogi i realizuje zamówienia.

– Co by się stało, gdybyś wróciła do Barcelony?

– Nie wiem i nie chcę wiedzieć. Przestępstwo ulegnie przedawnieniu dopiero, jak mi się wydaje, za czternaście lat.

– Dlaczego ochrona Peraplany nie działa w Barcelonie ani w Madrycie, ani w jakimkolwiek innym miejscu?

– Działa dopóty, dopóki jestem oddalona od wszystkiego... jakbym umarła. Miasteczko, małe i zamknięte, ma jeszcze tę zaletę, że jest tu spółdzielnia.

Zegar wybił dwunastą.

– Ostatnie pytanie. Ten nóż... miał rękojeść drewnianą czy metalową?

– A co za różnica?

– Chciałbym wiedzieć.

– Na Boga, przestań już pytać. Jest pierwsza. Chodźmy spać.

– Chodźmy spać, ale nie jest pierwsza. To, co powiedziałem o zegarze, to nieprawda. Wymyśliłem całą historię, żebyś mnie nie odesłała z kwitkiem. Jeszcze raz przepraszam.

– A co za różnica? – powtórzyła, nie uściślając, czy ma na myśli zegar czy nóż. – Będziesz spał w pokoju rodziców. To znaczy w pokoju, w którym śpią, kiedy tu przyjeżdżają. Pościel jest pewnie nieco wilgotna, ale czysta. Dam ci koc, bo ranki są bardzo chłodne.

– Mogę wziąć prysznic, zanim się położę?

– Nie. O dziesiątej wyłączają wodę. Włączają o siódmej rano. Cierpliwości.

Weszliśmy po zniszczonych schodach na piętro. Zaprowadziła mnie do przestronnego pokoju o pochyłym stropie z belek stoczonych przez czerwie i ścianach z żywego kamienia. Pośrodku stało małżeńskie łóżko z baldachimem i moskitierą. Z szafy Mercedes Negrer wyjęła szary koc silnie pachnący naftaliną. Wyjaśniła mi, jak działa wyłącznik światła, życzyła miłych snów i wyszła, zamykając drzwi. Słyszałem, jak odchodzi, otwiera i zamyka drzwi gdzieś w głębi domu, zasuwa zasuwkę. Byłem zmęczony. Położyłem się w ubraniu, zgasiłem światło tak, jak mi pokazała, i zasnąłem twardo jak suseł, nie zdążywszy nawet znaleźć logicznego wyjaśnienia dla steku kłamstw, który opowiedziała mi ta niezwykła kobieta.

Rozdział XI

Zaczarowana krypta

Obudził mnie jakiś hałas. Nie wiedziałem, gdzie jestem i co tu robię, macki strachu paraliżowały mój rozum. Po omacku i działając raczej pod wpływem instynktu niż logiki, nacisnąłem kilkakrotnie wyłącznik zwisający z baldachimu, lecz ciemności nie ustąpiły – albo nie było prądu, albo nagle oślepłem. Oblał mnie zimny pot, jakbym brał prysznic od wewnątrz, i ogarnęła mnie, jak zwykle w momentach paniki, nieodparta ochota wypróżnienia się. Nadstawiłem ucha i usłyszałem kroki w korytarzu. Wydarzenia nocy, która jeszcze nie dobiegła końca, zaczęły nabierać nowego, złowrogiego sensu: kolacja z pewnością zatruta; rozmowa ukartowana, by wzbudzić mą ufność i uczynić ze mnie łatwą ofiarę; pokój, pułapka na myszy, wyposażony w najwymyślniejsze urządzenia do więzienia i tortur. A teraz ostateczny cios: ciche kroki, młot, sztylet, poćwiartowanie, pogrzebanie mych nieszczęsnych szczątków w cieniu najdalszych wierzb na brzegu rwącej rzeki, żarłoczne robaki, zapomnienie, czarna pustka niebytu. Kto uknuł plan zamordowania mnie? Kto uplótł sidła, w których miotałem się jak dzikie zwierzątko? Czyja dłoń miała zadać mi śmierć? Samej Mercedes Negrer? Pożądliwego sprzedawcy pepsi-coli? Hojnie wyposażonych przez naturę Murzynów? Dojarzy z mleczarni? Spokojnie. Nie powinienem dać się ponieść lękom, których nie usprawiedliwiają żadne dotychczasowe wydarzenia, nie powinienem pozwolić, by strach i podejrzenia zablokowały me kanały komunikacji, jak wielokrotnie powtarzał mi sam doktor Sugrañes podczas terapii. Bliźni są dobrzy, powiedziałem sobie, nikt nie życzy ci nic złego, nie ma żadnego powodu, by ktoś chciał cię poćwiartować, nie zrobiłeś nic, co by wzbudziło niechęć otaczających cię ludzi, choć może ci się wydawać, że okazują ci to właśnie uczucie. Spokojnie. Wszystko ma jakieś proste wyjaśnienie: coś dziwnego, co przytrafiło ci się w dzieciństwie, projekcja twych własnych obsesji. Spokojnie. W ciągu kilku sekund zagadka się wyjaśni i będziesz mógł śmiać się z dziecinnych obaw. Od pięciu lat poddajesz się leczeniu psychiatrycznemu, twój umysł nie jest już kruchym czółenkiem dryfującym po burzliwym morzu delirium, jak niegdyś, kiedy sądziłeś, tłuku, że fobie to bezgłośne i wyjątkowo smrodliwe wiatry puszczane przez niewychowane osoby w zatłoczonych pojazdach transportu miejskiego. Agorafobia: lęk przed otwartymi przestrzeniami; klaustrofobia: lęk przed zamkniętymi przestrzeniami, takimi jak sarkofagi i mrówkowce. Spokojnie, spokojnie.

Dodając sobie otuchy tymi logicznymi rozważaniami, spróbowałem wyśliznąć się z łóżka, a wówczas spadła na mnie jakby zimna i ciężka pajęczyna, przygniatając do pościeli i unieruchamiając. W tym samym momencie wyraźnie usłyszałem szmer przekręcanej gałki, skrzyp zawiasów, skradające się kroki i przerywany oddech osoby szykującej się do popełnienia najstraszliwszej ze zbrodni. Niezdolny do wytrzymania dłużej, zsikałem się w spodnie i zacząłem cichutko wzywać mamę, z głupią nadzieją, że usłyszy mnie z zaświatów i powita na progu królestwa cieni, wiedząc, że przerażają mnie miejsca, których nie znam. W tym momencie usłyszałem tuż obok siebie głos, który zapytał:
– Śpisz?

Rozpoznałem głos Mercedes Negrer i chciałem odpowiedzieć, lecz nie udało mi się, gdyż ze ściśniętej krtani wydobyłem tylko płaczliwy szept, który po chwili przerodził się w jęk. Poczułem na plecach dotyk dłoni.

– Po co zawinąłeś się w moskitierę?

– Nic nie widzę – wykrztusiłem wreszcie. – Chyba oślepłem.

– Nie, człowieku. Wyłączyli prąd. Mam lichtarz, ale nie mogę znaleźć zapałek. Przyszłam tutaj, bo mój ojciec zawsze trzyma zapasowe pudełko w szafce nocnej, żeby sobie zapalić po przebudzeniu, chociaż lekarz mu zabrania.

Usłyszałem, jak otwiera szufladę i czegoś w niej szuka. Następnie rozległ się szelest zapałki pocieranej o brzeg pudełka, krótki trzask i w ciemności zalśnił pełgający płomyk. Przyłożony do knota świecy, oświetlił otoczenie na tyle, że przez siatkę moskitiery dostrzegłem spokojną twarz Mercedes mrugającej powiekami od nagłego blasku. Miała na sobie flanelową koszulę w kratę należącą niegdyś do mężczyzny znacznie większego od niej. Spomiędzy jej fałdów – fałdów koszuli – wynurzały się smukłe uda. Kiedy pochyliła się, żeby wyplątać mnie z moskitiery, zobaczyłem, że pod koszulą ma niebieskie majteczki, niezbyt grube, pozwalające dostrzec ciemny, zmierzwiony trójkącik, a z tyłu fragmenty pośladków ściśniętych jak pięść robotnika na mityngu. Nie wszystkie guziki koszuli były zapięte, a tam, gdzie się rozchylała, prześwitywał jasny aksamit wydzielający letni, słodkokwaśny aromat.

– Usłyszałam, że mówisz przez sen – powiedziała, po czym dodała, niezbyt logicznie: – Ja też nie mogłam spać. Zsiusiałeś się?

– Za dużo wypiłem wieczorem – zełgałem, z twarzą płonącą ze wstydu.

– Każdemu kiedyś się zdarzyło. Nie przejmuj się. Chcesz spać czy wolisz porozmawiać?

– Wolę porozmawiać, jeśli obiecasz mi, że nie będziesz więcej zmyślać.

Zaśmiała się smutno.

– Podałam ci oficjalną wersję wydarzeń. Nigdy nie uważałam jej za zbyt przekonującą. Jak się zorientowałeś?

– Cała ta historia to stek niedorzeczności. Choćby opowieść o tym, że przerażona nastolatka zabija na miejscu mężczyznę, wbijając mu nóż w plecy. Nigdy nikogo nie zabiłem, ale w sprawach przemocy nie jestem dyletantem. Od przodu można zadać śmierć w ten sposób. Od tyłu nigdy.

Usiadła na brzegu łóżka, a ja skuliłem się na poduszce, z plecami opartymi o drewniane wezgłowie, które skrzypiało pod mym ciężarem. Podkurczyła nogi, oparła na nich podbródek i opasała je rękami. Ja osobiście nie podzielałem jej poglądów na temat wygody.

– Główny wątek – zaczęła – jest ten sam: jedna dziewczynka biedna i sprytna, druga dziewczynka bogata i głupawa. Także szok...

– Co wydarzyło się w noc, kiedy znikła Isabelita?

– Spałyśmy we wspólnej sypialni, nasze łóżka stały obok siebie. Ja cierpiałam na bezsenność, którą dzisiaj wiążę ze zmianami związanymi z okresem dojrzewania, a wówczas przypisywałam różnym innym powodom. Usłyszałam, że Isabelita szepcze przez sen i zaczęłam wpatrywać się w jej czyste rysy, złociste loki, pot perlący się na skroniach, kształty, które zaczynało przybierać jej ciało... Czy myślisz, że cytuję jakieś romansidło?

Nie odpowiedziałem, by jej nie rozpraszać. Wiem, że nikt nie dywaguje tak, jak osoba szykująca się do uczynienia wyznania, i postanowiłem okazać cierpliwość.

– Po pewnej chwili – podjęła Mercedes – Isabel podniosła się. Zdałam sobie sprawę, że nadal śpi, i pomyślałam, że jest lunatyczką. Przeszła wzdłuż szpaleru łóżek i skierowała się bez wahania do drzwi. Wstałam i poszłam za nią w obawie, że na coś wpadnie. Drzwi sypialni zawsze były zamknięte, więc niezmiernie się zdziwiłam, widząc, że podchodzi do nich i otwiera je na oścież. Było ciemno i dostrzegłam tylko jakiś cień po drugiej stronie drzwi, w korytarzu prowadzącym z sypialni do łazienki.

– Mężczyzny czy kobiety?

– Mężczyzny, jeśli spodnie są atrybutem wyłącznie tej płci. Powiedziałam ci, że było ciemno.

– Mów dalej.

– Prowadzona przez cień, który otworzył drzwi, Isabel dotarła do łazienki. Tu cień nakazał jej, by poczekała, wrócił i zamknął drzwi do sypialni. Ja wyślizgnęłam się już wcześniej na korytarz i ukryłam za drzwiami, zdecydowana na śledzenie ich do końca.

– Wyjaśnij mi jedną rzecz: drzwi do sypialni zamykają się na zasuwkę czy na klucz?

– Na klucz. Przynajmniej wtedy tak było.

– Kto pilnował klucza?

– Zakonnice, rzecz jasna. O ile wiem, siostra wychowawczyni miała jeden klucz, a matka przełożona drugi. Ale myślę, że bez problemu dało się zrobić duplikat. Chociaż regulamin internatu był surowy, uczennice okazywały posłuszeństwo i nie wymagały stosowania nadmiernych środków ostrożności. Nie myl szkoły z więzieniem.

– Jeszcze jedno pytanie: co działo się, jeśli jakaś uczennica musiała wyjść za potrzebą w środku nocy?

– Na drugim końcu sypialni była toaleta z umywalką. Nie miała drzwi, tylko kretonową zasłonę, żeby nie można było się zamknąć i robić brzydkich rzeczy.

Kontynuuję. Łazienka była pusta. Poczułam pod stopami wilgotny chłód płyt, ponieważ szłam boso, podobnie jak Isabel. Chłód ów sprawił, że zwróciłam uwagę na obuwie tajemniczego towarzysza mojej przyjaciółki i ujrzałam, iż ma płócienne pantofle na gumowej podeszwie. Nazywałyśmy takie buty wambami, gdyż marka ta była wówczas najpowszechniejsza, lub po prostu tenisówkami. Były tanie i trwałe. Nie tak jak te, które robią teraz, co to zaraz się rozpadają. W głębi łazienki były drugie drzwi, prowadzące na schody, którymi schodziło się do przedsionka kaplicy. Po wyjściu z łazienki, już ubrane, ustawiałyśmy się w przedsionku i siostra wychowawczyni nas liczyła. Zbyteczne jest wyjaśniać, że przedsionek i schody były o tej porze równie puste jak łazienka. Tajemniczy towarzysz Isabel przyświecał sobie latarką. Ja szłam za nimi w pewnej odległości bez najmniejszego problemu, ponieważ w ciągu lat spędzonych w internacie poznałam tę drogę na pamięć i mogłabym nią iść z zamkniętymi oczami.

Kiedy weszłam do kaplicy, zobaczyłam, że znikają za głównym ołtarzem, ołtarzem Matki Boskiej. Poczekałam, aż wyjdą, bo wiedziałam, że za ołtarzem nie ma innych drzwi, a kiedy nie wychodzili, podeszłam ostrożnie i stwierdziłam, że znikli. Bez większego trudu wywnioskowałam, że musieli skorzystać z jakiegoś sekretnego przejścia i zaczęłam go szukać, przemagając przesądny strach, który zaczynał mnie oblatywać. W słabym świetle księżyca przefiltrowanym przez witraże i po wielu minutach intensywnych poszukiwań spostrzegłam, że na podłodze apsydy spoczywają cztery płyty, skrywające, jak wynikało z wyrytych na nich trupich czaszek i łacińskich inskrypcji, śmiertelne szczątki tych, którzy odeszli do lepszego świata. Wokół jednej z płyt, co ciekawe, nie zalegał kurz, a ciężki pierścień wystający z kamienia tuż obok uśmiechniętej czaszki i napisu HIC IACET V.H.H. HAEC OLIM MEMINISSE IUBAVIT nie był zardzewiały. Zacisnęłam zęby, podniosłam pierścień i pociągnęłam zań ze wszystkich sił. Płyta ustąpiła i po kilku próbach wysunęła się z podłogi. Zobaczyłam przed sobą ciemne schody i zeszłam po nich, cała drżąca. U podnóża schodów rozpoczynał się mroczny korytarz. Ruszyłam nim po omacku. Po jakimś czasie boczny otwór uświadomił mi, że do pierwszego korytarza wpada drugi. Nie wiedziałam, którą drogą pójść i skręciłam z głównego korytarza, przekonana, że zawsze będę mogła doń wrócić. Po długiej chwili spostrzegłam, że do drugiego korytarza wpada trzeci i krew zastygła mi w żyłach, zrozumiałam bowiem, że jestem w labiryncie, sama, po ciemku, i że sczeznę w nim, jeśli w krótkim czasie nie znajdę wyjścia. Strach musiał mnie zamroczyć, bo gdy chciałam wrócić do schodów, obrałam zły kierunek. Mijałam jedno skrzyżowanie po drugim, a schodów ani śladu. Przeklęłam mą śmiałość i opadły mnie najczarniejsze myśli. Sądzę, że zaczęłam płakać. Po chwili podjęłam marsz, licząc na to, że przypadek wprowadzi mnie na dobrą drogę. Oczywiście straciłam poczucie czasu i przebytej odległości.

– Nie przyszło ci do głowy, by wezwać pomocy? – zapytałem.

– Tak, jasne. Krzyczałam ze wszystkich sił, ale mury były grube i odpowiadało mi tylko szydercze echo. Szłam i szłam, w najgłębszej rozpaczy, aż wreszcie, gdy byłam już u kresu sił, ujrzałam w głębi korytarza słaby zielonkawy blask. Zawodził wiatr, a powietrze przesycał słodkawy zapach, jakby kadzideł i zwiędłych kwiatów. Poczułam, że jest parno. Niezmiernie powoli pokonałam sporą część dystansu, jaki dzielił mnie od blasku, a wówczas wyrosła przede mną figura przypominająca ducha i, jak sądziłam, ogromna. Emocje przekroczyły moją wytrzymałość; zemdlałam. Po pewnym czasie wydało mi się, że odzyskałam przytomność, lecz to nie mogła być prawda, gdyż ujrzałam naprzeciwko siebie gigantyczną muchę, wysoką na jakieś dwa metry i równie grubą, która spoglądała na mnie straszliwymi oczami i zdawała się szykować do zagłębienia odrażającej trąbki w mej szyi. Chciałam krzyczeć, ale nie udało mi się wyartykułować żadnego słowa. Zemdlałam ponownie. Ocknęłam się w sali o niskim sklepieniu i słabo oświetlonej zielonkawym światłem, o którym już wspominałam. Poczułam pieszczotliwy dotyk na policzku i muśnięcie włosów na czole. Siłą woli powstrzymałam krzyk, gdyż sądziłam, że to mucha dotyka mnie wstrętnymi odnóżami. Otworzywszy oczy, ujrzałam jednak, że pieści mnie Isabel we własnej osobie. Jej złociste włosy muskały moje czoło. Zanim zdążyłam zażądać wyjaśnień, Isabel zakryła mi usta wnętrzem dłoni i szepnęła do ucha: „Wiedziałam, że mogę liczyć na twe uczucie. Tyle odwagi i lojalności nie pozostanie bez nagrody". Po czym odsunęła dłoń z moich ust i położyła na nich swe gorące i wilgotne wargi, podczas gdy jej ciało, które zdawało się unosić w powietrzu, rzuciło się na moje ciało i przez zwiewne płótno okrywającej ją koszuli poczułam nierówne bicie jej serca i żar jej niezrównanej skóry. Po cóż taić dziką rozkosz, jaka mnie wówczas zalała? Stopiłyśmy się w upojnym uścisku, który trwał, aż me drżące palce i usta żądne przyjemności...

– Chwila moment – przerwałem, nieco zdziwiony nieoczekiwanym obrotem opowieści. – Tego nie było w programie.

– Ależ, kochanie – powiedziała, wykonując gest zniecierpliwienia, jakby moje wtrącenie wydało się jej nie na miejscu – nie bądźże gapą. Być może Isabel i mnie łączyło coś więcej niż zwykłe koleżeństwo. W tym wieku i w internacie tendencje saficzne nie należą do rzadkości. Jeśli widziałeś Isabel, to wiesz, że ma wygląd, jaki powszechnie przypisuje się archaniołom. Choć być może już go utraciła; od tamtego czasu nie widziałam jej więcej. Ale wtedy była słodka jak cukierek.

Określenie to, anachroniczne w epoce zdemitologizowanej seksualności, wywołało mój uśmiech. Mercedes niewłaściwie go zinterpretowała.

– Nie myśl, że jestem ukrytą lesbijką – zaprotestowała. – Gdybym nią była, powiedziałabym od razu. To, co ci opowiadam, zdarzyło się wiele lat temu. Byłyśmy nastolatkami i odkrywałyśmy siebie w ambiwalentnym świetle erotycznego świtu. Moja obecna skłonność ku mężczyznom pozostaje poza wszelkimi podejrzeniami. Możesz popytać w miasteczku.

– Dobrze już, dobrze – powiedziałem. – Mów dalej, proszę.

– Jak mówiłam – podjęła Mercedes – oddawałyśmy się od pewnego czasu temu upojnemu zajęciu, gdy zauważyłam, że mam palce zbroczone krwią, a krew ta płynie z ciała Isabel. Zapytałam, co się stało, a ona, miast odpowiedzi, wzięła mnie za rękę i pociągnęła, zmuszając do wstania, co kosztowało mnie sporo wysiłku. Następnie zaprowadziła mnie do stołu stojącego w głębi krypty, na którym leżał młody człowiek, całkiem przystojny, obuty w te same tenisówki, które zauważyłam w ciemnościach łazienki, martwy, na co wskazywał jego bezruch i klinga sztyletu wystająca z piersi na wysokości serca. Odwróciłam się do Isabel przerażona i powtórzyłam pytanie. Wzruszyła ramionami i rzekła: „Czy będziemy się sprzeczać z powodu tego szczegółu teraz, kiedy jest nam tak dobrze? Musiałam to zrobić".

„Dlaczego? Czy posunął się za daleko?", zapytałam.

„Nie – odpowiedziała, wydymając usta jak rozkapryszona dziewczynka, co robiła zawsze, gdy dostawała burę. – Ale ja jestem królową pszczół".

W tym, co mówiła, nie brakowało logiki, przynajmniej z symbolicznego punktu widzenia, jako że nauka nie udowodniła jeszcze, czy pszczoły, po zapłodnieniu, pozbywają się trutni. Podobne zjawisko występuje u *Mantis religiosa*, czyli modliszki, i u niektórych gatunków mezoamerykańskich z rzędu *Hymenoptera*, czyli błonkówek, których samice mają czułki wydzielające substancję...

Ponownie odczułem potrzebę przerwania dygresji Mercedes Negrer, najwyraźniej znającej się po trosze na wszystkim, i poprosiłem, by wróciła do opisu wydarzeń, które nastąpiły po odkryciu zwłok.

– Nie wiedziałam, co zrobić. Byłam całkowicie zbita z tropu, a Isabel nie wyglądała na osobę będącą w stanie mi pomóc. Zdawałam sobie sprawę, że muszę coś przedsięwziąć, by wydostać moją przyjaciółkę z tego galimatiasu, bo nie mogłam przecież dopuścić, by ktoś nas zastał w tej sytuacji i by poszła do więzienia na resztę swoich dni. Obliczyłam, że na zewnątrz już pewnie dnieje i nie mamy zbyt wiele czasu na powrót do sypialni. Trupem nie przejmowałam się zbytnio ze względów praktycznych, gdyż było niezwykle mało prawdopodobne, by zakonnice odkryły przejście do krypty, a nawet gdyby tak się stało, nie powinny powiązać morderstwa z osobą Isabel, gdybyśmy tylko zdążyły do sypialni przed dzwonkiem. Głównym problemem było odnalezienie drogi w labiryncie.

Pogrążona w tych rozmyślaniach, usłyszałam za plecami suchy trzask, jak gdyby coś pękło. Odwróciłam się w samą porę, by podtrzymać Isabel, która osuwała się na ziemię, blada jak wosk.

„Co ci jest? – zapytałam przerażona – Co to był za dźwięk?"

„Rozbili – poskarżyła się – moje biedne kryształowe serduszko".

Po czym znieruchomiała w mych ramionach. W krypcie ponownie zawył wiatr i poczułam, że opuszczają mnie siły. Stłumione bzyczenie ostrzegło mnie o obecności muchy. Upadłyśmy na ziemię. Straciłam przytomność.

Obudził mnie dzwonek. Leżałam w łóżku, potrząsana przez dziewczynę z trzeciej klasy, znaną prymuskę.

„Pośpiesz się – przynaglała mnie – bo się znowu spóźnisz. Ile ostrzeżeń masz w tym miesiącu?"

„Dwa", odpowiedziałam mechanicznie.

Trzy ostrzeżenia dawały jedno upomnienie; trzy upomnienia – jedną karę; dwie kary – jedną naganę; trzy nagany – zero z zachowania.

„A ja ani jednego", nadęła się ta oślica z trzeciej.

Jeden cały trymestr bez ostrzeżeń dawał prawo do wieńca pracowitości; dwa wieńce w roku – do wstęgi świętego Jerzego; trzy wstęgi w ciągu całego kursu – do tytułu... Ale te informacje może nie są istotne dla mojej opowieści.

Tak czy owak, miałam wrażenie, że budzę się z jakiegoś koszmaru. Moim pierwszym odruchem było spojrzenie na łóżko Isabel: było nieposłane i puste. Pomyślałam, że już wstała i się myje. Myliłam się. Podczas liczenia odkryto jej nieobecność. Zasypano nas pytaniami; milczałam jak grób. Przed południem pojawił się niejaki Flores z Brygady Społecznej.

– A ta dalej swoje! – nie wytrzymałem.

– Przesłuchał nas bez zbytniego entuzjazmu i poszedł sobie – ciągnęła Mercedes, która, jak wszyscy mądrale, nigdy nie słuchała, gdy ją poprawiano. – Wtedy też nie puściłam pary z ust. W nocy, wykończona, spałam twardo, choć koszmary sprawiły, że sen nie przyniósł mi ulgi. Obudziłam się na dźwięk dzwonka i o mało nie zwariowałam, ujrzawszy, jak w sąsiednim łóżku przeciąga się leniwie Isabel. Zamęt nie pozwolił nam porozmawiać, lecz zarówno jej zachowanie, jak i wyraz twarzy wskazywały na to, że powróciła do swego stałego stanu charakteryzującego się oziębłością i bezbarwnością. Pomyślałam, że cała ta historia mi się przyśniła i prawie w to uwierzyłam, gdy matka przełożona wezwała mnie za pośrednictwem siostry wychowawczyni do gabinetu. Stawiłam się na wpół żywa ze strachu. Po wejściu do gabinetu ujrzałam, że znajdują się w nim, oprócz matki przełożonej, także moi rodzice, inspektor Flores i pan Peraplana, ojciec Isabel. Moja matka płakała, niepocieszona, a ojciec miał wzrok utkwiony w czubki butów, jakby zalewał go bezgraniczny wstyd. Kazali mi usiąść, zamknęli drzwi, a inspektor powiedział:

„Wczorajszej nocy rozegrało się w tej placówce, która z samego faktu bycia nią zasługuje na najwyższy szacunek, wydarzenie, dla którego nasz kodeks karny zastrzega miażdżące miano, toż samo, nawiasem mówiąc, które nadaje mu Słownik Akademii Królewskiej. Ja, który potępiam przemoc, i dlatego zresztą wstąpiłem do policji, strapiłem się tym niewymownie i gdyby nie moja chuda pensja, spakowałbym manatki i wyjechał do pracy do Niemiec. Wiesz, o czym mówię, dziewczynko?".

Nie wiedziałam, co odpowiedzieć, i wybuchnęłam płaczem. Matka przełożona przesuwała z zamkniętymi oczami paciorki różańca, a mój ojciec poklepywał matkę po ramieniu, próbując na próżno ją uspokoić. Inspektor wyjął z kieszeni płaszcza przeciwdeszczowego zawiniątko, napuszył się i wyjął zeń zakrwawiony sztylet, który wczoraj wystawał z ciała zabitego w krypcie. Zapytał mnie, czy widziałam przedtem tę zbrodniczą broń. Powiedziałam, że tak. Gdzie? Wystawała z piersi pewnego pana. Z czeluści kieszeni płaszcza wynurzyły się następnie dwie stare tenisówki. Czy je rozpoznaję? Ponownie przytaknęłam. Kazali mi opróżnić kieszenie mundurka i ku memu wielkiego zdziwieniu wyjęłam z nich, oprócz innych rzeczy, takich jak zastrugaczka, dość brudna chusteczka do nosa, dwie gumki do włosów i ściąga z dzieł Lope de Vegi, duplikat klucza do sypialni. Zrozumiałam, że oskarża się mnie o morderstwo, które popełniła Isabel, i że jedynym ratunkiem jest opowiedzenie prawdy i zrzucenie winy na nią. Uczucia moje, rzecz jasna, nie dopuszczały takiego obrotu sprawy. Poza tym wyjawienie prawdy oznaczałoby zarazem wyjawienie okoliczności, w których ją odkryłam, a nic z tego, co wydarzyło się owej nocy, nie powinno zostać ujawnione, gdyż zrujnowałoby życie Isabel i moje. Lecz czyż upór mój miał doprowadzić mnie do komory gazowej?

– W Hiszpanii nie mamy komór gazowych – zauważyłem. – Prawdę mówiąc, na najbiedniejszych przedmieściach nie mamy nawet gazu.

– Czy mógłbyś mi nie przerywać? – zapytała Mercedes, wyraźnie zirytowana tym, co postrzegała jako rozbicie jedności stylu w odgrywanym przez siebie dramacie.

„Kara, jaką prawodawstwo nasze przewiduje dla czynów tego typu – ciągnął inspektor – jest najsurowsza, jaką sobie można wyobrazić. Jednakże... – i tu zawiesił głos –

... jednakże, biorąc pod uwagę twój młody wiek, zaburzenia organizmu, jakie w pewnych okresach życia dotykają kobiety, a także wstawiennictwo poczciwej matki – wskazał kciukiem na przełożoną, nie okazując zbytniego szacunku – jestem skłonny nie postąpić tak, jak nakazuje mi kondycja sługi narodu. Chcę przez to powiedzieć i powiem językiem prawa, że nie będzie doniesienia o przestępstwie, nie zostanie wniesione oskarżenie ani wszczęte postępowanie. Unikniemy tym samym procesu, w którym przeprowadzanie dowodu, oględziny, pisma obrońcy, wnioski tymczasowe i ostateczne, wyrok i odwołanie byłyby z konieczności bolesne i ździebko pikantne. W zamian za to, rzecz oczywista, trzeba będzie przedsięwziąć pewne środki, na które rodzice twoi, tu obecni, dali już przyzwolenie. Za stosowne dyspozycje, które już zostały wydane, podziękuj panu Peraplanie, również tu obecnemu, który zechciał zgodzić się na współpracę z uwagi na uczucie, jakim darzy cię jego córka i które uważa za odwzajemnione. *Idem* z innych przyczyn, których nie uznał za stosowne przedstawić, a które nie obchodzą mnie ani odrobinę".

Dyspozycje wspomniane przez inspektora dotyczyły mego wygnania, a stojąc w obliczu wyboru, przyjęłam je ochoczo. Przyjechałam więc do tego miasteczka i zostałam tu do dziś. Pierwsze trzy lata spędziłam w domu pewnego starszego małżeństwa, czytając i tyjąc. Spółdzielnia mleczarska płaciła im co miesiąc skromniutką sumę na moje utrzymanie. Następnie osiągnęłam, po wielu bojach, to, że pozwolili mi się usamodzielnić. Mianowałam się nauczycielką, wykorzystując wakat, którego nikt nie chciał zapełnić, i słusznie. Wynajęłam ten dom. Nie żyje mi się źle. Wspomnienia z czasem się zatarły. Niekiedy chciałabym, żeby los przeznaczył mi co innego, lecz ów melancholijny nastrój szybko mija. Powietrze jest zdrowe, czasu mam aż nadto. A co do innych potrzeb, jak ci wczoraj powiedziałam, staram się, jak mogę, co czasem nie wystarcza, a czasem tak.

Mercedes zamilkła, a ciszę, która zapadła po jej słowach, przerwało jedynie pianie koguta zwiastujące nowy dzień. Dotykając pościeli, stwierdziłem, że nie jest już wilgotna. Chciało mi się pić i spać, a w głowie miałem prawdziwy zamęt. Oddałbym wszystko za butelkę pepsi-coli.

– O czym myślisz? – zapytała Mercedes dziwnym głosem.

– O niczym – odpowiedziałem głupkowato. – A ty?

– O tym, jak niesamowite jest życie. Od sześciu lat strzegę tego sekretu, a teraz opowiedziałam go cuchnącemu prostakowi, który mi się nawet nie przedstawił.

Rozdział XII

Interludium intymistyczne: o czym myślałem

– To zaiste ciekawe – stwierdziłem – jak pamięć staje się ostatnią rzeczą ocalałą z katastrofy naszej egzystencji, jak przeszłość destyluje stalaktyty w pustce naszego wyroku, jak palisada naszych pewności wali się pod lekką bryzą tęsknoty. Urodziłem się w epoce, którą *a posteriori* uważam za smutną. Nie będę się jednak nad tym rozwodził; być może każde dzieciństwo jest gorzkie. Upływające godziny były lakonicznymi towarzyszami moich zabaw, a każda noc niosła jakieś smutne pożegnanie. Z okresu tego pamiętam, że radośnie wyrzucałem czas za brzeg kosza z nadzieją, że balon wzniesie się i zawiedzie mnie ku lepszej przyszłości. Złudna nadzieja, gdyż zawsze będziemy tym, czym już niegdyś byliśmy.

Ojciec mój był człowiekiem dobrym i pracowitym. Utrzymywał rodzinę, wyrabiając lewatywy ze starych puszek po paliwie, szeroko wówczas rozpowszechnionym dzięki wynalazkowi zwanemu petromaksem, dziś słusznie zastąpionemu przez energię elektryczną. Kilka szwajcarskich firm farmaceutycznych przeniesionych do Hiszpanii pod osłoną planu stabilizacji zepsuło mu interesy. Tatusiowi dopisywało zmienne szczęście. Z bratobójczej krucjaty z lat 1936–1939 wyszedł okaleczony, jako kombatant i jeniec obu stron, co przyniosło mu wyłącznie liczne kłopoty natury biurokratycznej, żadnej zaś nagrody ani kary. Uparcie odrzucał nieczęste okazje, jakie podsuwała mu fortuna, i ślepo przyjmował wszystkie ułudy, jakie diabeł stawiał na jego drodze. Nigdy nie byliśmy bogaci, a skąpe oszczędności, które mogliśmy byli zgromadzić, tatuś przegrał na wyścigach wszy, odbywających się w sobotnie wieczory w osiedlowym barze. Do nas czuł pozytywną obojętność; oznaki jego czułości były subtelne, wiele lat musiało upłynąć, zanim zinterpretowaliśmy je jako takie; za to oznaki gniewu były całkowicie oczywiste, nigdy nie wymagały egzegezy.

Z mamą było inaczej. Żywiła do nas autentyczną matczyną miłość, absolutną i destrukcyjną. Zawsze wierzyła, że będę kimś; zawsze wiedziała, że nie nadaję się do niczego; od początku dawała mi do zrozumienia, że z góry wybacza mi zdradę, której prędzej czy później miała paść ofiarą. Po skandalu ze sparaliżowanymi dziećmi i kongresie eucharystycznym – nie sądzę, byś je pamiętała, bo byłaś wtedy małą dziewczynką, jeśli w ogóle byłaś już na świecie – mama trafiła do kobiecego więzienia w Montjuich. Ojciec mój uznał, że wszystko to jest machinacją ukartowaną, by mu dokuczyć. Siostra i ja odwiedzaliśmy mamę co niedziela w rozmównicy i przynosiliśmy jej po kryjomu morfinę, bez której nie ścierpiałaby zamknięcia tak radośnie. Była osobą aktywną, przez wiele lat pracowała jako pani do sprzątania, jak pospolicie nazywa się nadetatową pomoc domową, choć w żadnym domu nie zabawiła zbyt długo z powodu niekontrolowanej potrzeby kradzieży wszystkiego, co rzucało się jej w oczy, na przykład zegarów ściennych, foteli, a raz nawet dziecka. Przy tym wszystkim chętnych do zatrudnienia jej nigdy nie brakowało, jako że popyt znacznie wówczas przewyższał, i z tego, co słyszę, nadal przewyższa, podaż, a próżniacy wykazują skłonności do tolerowania wszystkiego pod warunkiem, że sami nie muszą pracować.

Rozdzieleni z matką i porzuceni przez ojca, musieliśmy, siostra moja i ja, dawać sobie radę od najwcześniejszych lat. Siostra, biedaczka, nigdy nie była zbyt sprytna, wobec czego to ja musiałem zająć się nią, nauczyć zarabiać i znaleźć pierwszych klientów, choć liczyła sobie wówczas dziewięć latek, a ja zaledwie cztery. W wieku lat jedenastu, zmęczony ciągłym prześladowaniem przez sąd do spraw małoletnich i przez kuratorów, zaraziwszy się chorobą weneryczną i powodowany głębokim pragnieniem niezmarnowania talentów, w których posiadanie w swej ignorancji wierzyłem, postanowiłem rozpocząć nowicjat w Verueli...

Daleki gwizd przerwał mą perorę i sprawił, że powróciłem do rzeczywistości.

– To pociąg gwiżdże? – zapytałem.

– Towarowy – odrzekła Mercedes. – Czemu pytasz?

– Muszę jechać. Niczego goręcej nie pragnę niż kontynuowania tej pogawędki – powiedziałem, wkładając w te słowa największą szczerość, do jakiej byłem zdolny od czasów, gdy przysięgałem klientom mojej siostry, że mam dla nich prawdziwą bezę z wiśniami – lecz muszę jak najrychlej wyruszyć w drogę. Dzięki twej pomocy znalazłem klucz do zagadki, która mnie tu przywiodła. Brakuje mi tylko kilku dodatkowych informacji oraz dowodu na to, że przypuszczenia me są słuszne. Jeśli wszystko dobrze pójdzie, dziś wieczorem dowiodę twej niewinności i za kilka dni będziesz druhną na ślubie Isabel. A wszyscy sprawcy całego zamieszania trafią, rzecz jasna, tam, gdzie powinni, to jest nie wiem gdzie. Wierzysz we mnie?

Spodziewałem się żarliwego „tak", lecz odpowiedziała mi wroga cisza.

– Co ci jest? – zapytałem dziewczynę.

– Nie powiedziałeś mi, że Isabel wychodzi za mąż.

– Nie powiedziałem ci wielu rzeczy, jutro będę z powrotem i nic nie przerwie naszej rozmowy.

Uznałem, że jej milczenie wynika z naturalnej powściągliwości stanowiącej kontrapunkt intensywnych emocji i z sercem nabrzmiałym szczęściem przebiegłem drogę prowadzącą od domu Mercedes na stację. Udało mi się wskoczyć do ostatniego wagonu hałaśliwego pociągu towarowego, którego lokomotywa ginęła już w rozmytym konturze gór otaczających miasteczko; ich zieleń w pierwszym świetle dnia upodobniała je do szlachetnego kamienia, którego nazwę wiecznie mylę z pewną marką wywabiacza plam.

Wagon wypełniały świeże ryby, a ich słonawy zapach sprawił, że zacząłem marzyć o innych, szczęśliwszych krainach i pełni życia dzielonej z drugą osobą. W szaleństwie towarzyszącym uniesieniom tego typu widziałem pomyślne znaki w najdrobniejszych szczegółach: czystym niebie, łagodnej bryzie, oczach ryb, samym imieniu Mercedes, zarazem imieniu patronki Barcelony i eponimie sztandarowego produktu teutońskiego przemysłu samochodowego. Jednocześnie starałem się nie dopuścić, by chimery owe skrystalizowały się w zbyt znane formy, gdyż w głębi ducha żywiłem obawę, iż gdy jej imię zostanie zrehabilitowane, nie zechce więcej o mnie słyszeć. Dzieliło nas zbyt wiele. Rozważyłem nawet możliwość porzucenia śledztwa, ponieważ, mówiłem sobie, dopóki jest skazana na wygnanie, a sekret jej działa na moją korzyść, znajduje się, by tak rzec, w moich rękach. Jak jednak nadmieniłem w innym miejscu tej opowieści, jestem człowiekiem odrodzonym i wkrótce odrzuciłem tę ostatnią pokusę, nie przestając żywić nadziei, że być może chociaż ten jeden raz cnota zostanie nagrodzona na tym świecie, a nie na tamtym, do którego nie czułem ani tęsknoty, ani powołania.

Pociąg włókł się w nieskończoność. Gdy słońce doszło do zenitu, wagon zmienił się w piekarnik, a ryby zaczęły cuchnąć w sposób nader irytujący. Zacząłem wyrzucać na szyny egzemplarze, które wydały mi się najbardziej narażone na zepsucie, lecz gdy opróżniłem cały wagon, zorientowałem się z niesmakiem, że fetor nie zniknął, a całe moje ubranie i jestestwo są nim nieodwracalnie przesiąknięte. Uzbroiłem się w cierpliwość i ułożyłem w kącie, poświęcając dalszą część podróży na snucie planów, układanie projektów, rozwikływanie zagadek i demaskowanie oszustów, których nieświadomą ofiarą padła, moim zdaniem, kobieta, dla której biło me serce. To miłe zajęcie nie przeszkodziło mi jednak w kontemplowaniu przyszłości z niejaką obawą. Nawet gdybym zdołał rychło i na dobre rozwiązać sprawę zaginionej dziewczynki, a także sprawił, że zajaśnieje niewinność Mercedes, pozostawało jeszcze zabójstwo Szweda, które policja przypisywała mnie. Zakładając nawet, że i ta zagadka zostanie rozwikłana, mówiłem sobie, co się ze mną stanie? Z przeszłością na poły kryminalną, na poły szpitalną i całkowitym brakiem zawodu, znajomości i zdolności nie będzie mi łatwo znaleźć dobrze płatne zajęcie, na którego podwalinach mógłbym oprzeć pomyślność ogniska domowego. Z tego, co mi mówiono, wynikało, że czynsze są niebotyczne, a koszyk cen przypomina startującą rakietę. Co począć? Niepewność rzuciła chmurę na me marzenia.

Krótko po południu pociąg wjechał na stację Barcelona-Término. Wyskoczyłem z wagonu i ukryłem się pod kołami ekspresu Talgo, którą to kryjówkę opuściłem jednak co sił w nogach, gdy gwizd przeciągły i stanowczy, jak przystało na pociąg tej klasy, oznajmił mi, że skład wkrótce ruszy. Wypadłem na ulicę i pomknąłem tam, gdzie prędzej czy później musi zawitać każdy detektyw: do Wydziału Ksiąg Wieczystych, mieszczącego się w skromnych i nagrzanych od słońca pomieszczeniach przy Vía Diputación, do których wpadłem na kilka minut przed zamknięciem. Naprędce zmyślony pretekst otworzył mi dostęp do ksiąg. Odór ryb, nałożony na warstwy innych atrakcyjnych zapachów, wypłoszył sennych maruderów i ambitnych młodzieńców pogrążonych w poszukiwaniach nieruchomości, które nadawałyby się do spekulacji. Mogłem grzebać w księgach do woli i po pewnym czasie znalazłem to, czego szukałem i co potwierdziło me podejrzenia: nieruchomość, w której mieści się obecnie szkoła sióstr lazarystek, należała, w latach 1958–1971, do pana Manuela Peraplany, który sprzedał ją zakonnicom za nieprawdopodobnie wygórowaną kwotę, nabywszy ją w 1958 roku za ułamek owej kwoty od niejakiego Vicenza Hermafrodita Halfmanna, narodowości panamskiej, z zawodu antykwariusza, zamieszkałego w Barcelonie od 1917 roku, który w tymże roku zakupił teren leżący wówczas odłogiem i wzniósł gmach obecnej szkoły. Nie ulegało dla mnie wątpliwości, iż Panamczyk wybudował jednocześnie inny budynek na sąsiedniej, lub przynajmniej pobliskiej, działce i połączył obie nieruchomości, któż wie po co, tajemnym przejściem, wychodzącym z fałszywego grobowca w apsydzie kaplicy. Peraplana prawdopodobnie odkrył przejście i używał go do swych niecnych celów. No dobrze, lecz w takim razie dlaczego sprzedał gmach siostrzyczkom, skoro w 1971 roku posługiwał się jeszcze podziemnym korytarzem? I dokąd prowadził ów korytarz? Spróbowałem ustalić, jakie inne nieruchomości posiadał Peraplana i wspomniany już Halfmann, lecz księgi, ułożone według działek, a nie według właścicieli, nie dawały odpowiedzi na to pytanie. Musiałem zatem porozmawiać bezpośrednio z Peraplaną i do jego to domu skierowałem się, w pełni świadom niebezpieczeństw związanych z owym przedsięwzięciem.

Rozdział XIII

Wypadek równie nieprzewidziany, co ubolewania godny

Gdy dotarłem do bram willi, oczekiwała mnie przeszkoda, której nie wziąłem pod uwagę: mały tłumek, przepraszam za oksymoron, tłoczył się przed ogrodem w wyczekującej postawie. Między zgromadzonymi rozpoznałem służące, od których wydobyłem onegdaj cenne informacje, i z obecności ich wydedukowałem, że ślub, który wedle mych obliczeń miał odbyć się za kilka dni, będzie celebrowany niebawem, być może w trybie przyśpieszonym. Zaopatrzyłem się w sąsiednim kiosku w czasopismo, za którym ukryłem twarz, szukając rozpaczliwie sposobu na wśliznięcie się do ślubnej limuzyny, która miała powieźć do świątyni pannę młodą i jej ojca, jak podpowiadała mi znajomość ceremoniału przewidzianego na takie okazje. Rzecz ta wydawała się w zasadzie niemożliwa, lecz musiałem spróbować, jeśli nie chciałem, by nowożeńcy umknęli mi w podróż poślubną na Majorkę, czy dokądkolwiek jeżdżą w podróż poślubną bogacze, co znacznie by utrudniło me śmiałe poczynania, choć nie położyłoby im kresu.

Oczekiwanie przedłużało się i postanowiłem przekartkować czasopismo. Wkrótce wyciągnąłem wniosek, że w obecnych czasach młodzież zajmuje się pisaniem o polityce, sztuce i społeczeństwie, a starzy folgują sobie w duchu psychokaliptycznym. Rodaczka Ilsy, o wdzięcznym imieniu Brigitta i piersiach nieco obwisłych jak na wczesne stadium rozwoju, obmacywała się w ramach „inicjacji w orfickie misteria swych najnowszych krągłości". Tłum zafalował i przerwał mi lekturę tego, co uznałem za fantazje jakiegoś wieprza z problemami. Podnosząc oczy i odpowiednią część głowy znad czasopisma, ujrzałem, że otwierają się drzwi willi Peraplanów i wychodzi z nich dwóch policjantów w szarych mundurach. Początkowo przestraszyłem się, lecz natychmiast pojąłem, że ich obecność nie ma związku z moją, gdyż ustawili się przy schodach, jakby oczekiwali na przejście orszaku. Uznałem, że w uroczystości uczestniczy jakaś lokalna władza i już miałem zakrzyknąć: Wiwat panna młoda!, gdy spostrzegłem, że za policjantami kroczą sanitariusze, wioząc nieruchome ciało na łóżku zaopatrzonym w kółka podobne do kół roweru, oraz pielęgniarka, przytrzymująca butelkę wypełnioną jakąś granatową cieczą i połączoną z łóżkiem giętką rurką. Lekarz w szpitalnym fartuchu i kilka innych osób szło za łóżkiem. Jedną z nich był z pewnością Peraplana, lecz jako że nigdy wcześniej go nie widziałem, nie udało mi się go rozpoznać. Wszystko wskazywało na to, że nie jestem świadkiem ślubu, jakkolwiek by ostatni sobór wypaczył liturgię. Pewności tej nie nadwątliło bynajmniej pojawienie się w oknach pierwszego piętra posępnych kobiet ocierających łzy chusteczkami z białego perkalu. Wśród zgromadzonych powstał szmer, a policjanci otworzyli sanitariuszom przejście do karetki. Zapytałem, co się wydarzyło, osobnika stojącego obok mnie i wspinającego się na palce, by nie uronić żadnego szczegółu sceny.

– Nieszczęście – odrzekł. – Biedna dziewczyna popełniła samobójstwo dziś rano. Miała właśnie wyjść za mąż. Jesteśmy prochem, niczym więcej, przyjacielu.

Sprawiał wrażenie rozmownego i postanowiłem pociągnąć go za język.

– Skąd pan wie, że to samobójstwo? Rak nie patrzy na wiek.

– Zdjąłem sutannę, żeby się ożenić – powiedział osobnik. – Po dziesięciu latach kapłaństwa. Nasłuchałem się różności w konfesjonale, resztę poznałem później – nic, co ludzkie, nie jest mi obce.

I wybuchnął gromkim śmiechem, zadowolony z cytatu. Przyłączyłem się do niego, by nie poczuł się śmieszny. Położył mi spoconą rękę na ramieniu, wycierając drugą ręką załzawione oczy.

– Nie chcę jednak – dodał – by uznał mnie pan za magika albo wróżkę. Dostawca z masarni Ból, który, co ciekawe, nazywa się podobnie, lecz przez „w”, Wół, nie wiem, skąd pochodzi ten chłopak, opowiedział mi, co się stało. Był w willi, kiedy wszczęto alarm. Zaniósł mięso. Interesują pana te rzeczy?

Nowina wywarła na mnie wrażenie i mój rozmówca spostrzegł to.

– Jesteśmy – orzekł – liśćmi na łasce wiatru. *Carpe diem*, jak mawiali Rzymianie. Podobają się panu kobiety? Proszę nie sądzić, że wtykam nos w nie swoje sprawy. Widziałem, że przeglądał pan czasopismo poświęcone nagości. To całe odkrywanie się ma cel wyłącznie komercyjny, chodzi o to, żeby zarobić na naszych frustracjach, wierz mi pan. Ja tam nie mam nic przeciwko przyjemnościom ciała, ale nie znoszę surogatów. Kobiety, z krwi i kości, i kawa, kawa, jak mawialiśmy w młodości. Nie chcę udawać bardziej wstrzemięźliwego, niż jestem; też miewam swoje słabości. Zawsze, kiedy czytam któreś z tych czasopism, trzepię kapucyna. Nie wstydzę się głosić tego wszem wobec. Wszyscyśmy z tej samej gliny, nie uważasz pan?

Nie słuchałem już natręta. Wspominając biedaczkę Isabel, którą oglądałem nie bez podziwu zaledwie kilkanaście godzin temu, nie mogłem powstrzymać kilku łez i jednego czy dwóch chlipnięć, skromnego hołdu dla ulotności naszych marzeń i efemeryczności ludzkiego piękna. Nie był to jednak właściwy moment na filozofowanie. W moim umyśle narodziło się pewne podejrzenie. Zacząłem wpatrywać się bacznie w zgromadzonych, szukając znajomej twarzy. Nie jestem zbyt słusznego wzrostu i musiałem wykonać serię podskoków, niestosownych w obliczu wydarzenia rozgrywającego się na naszych oczach, zanim znalazłem to, czego szukałem: kobietę skrywającą twarz pod rondem wielkiego, czarnego słomkowego kapelusza i za okularami przeciwsłonecznymi oraz pod grubą i wielobarwną warstwą makijażu deformującego jej prawdziwe rysy. Owa jałowa próba ukrycia tożsamości potwierdziła moje przekonanie o rozbieżności kryteriów piękna u kobiet i mężczyzn, z których pierwsze wierzą, iż atrakcyjność ich leży w oczach, ustach, włosach i innych atrybutach usytuowanych na północ od gardła, podczas gdy rodzaj męski, by tak go nazwać, chyba że mamy do czynienia z dewiantami, ogniskuje swe zainteresowania na innych częściach ciała, z absolutną pogardą dla wyżej wymienionych. I tak, choćby Mercedes Negrer użyła wszystkich środków uznanych przez się za najskuteczniejsze dla zamaskowania własnej osoby, krótki przebłysk jej rozpalającego przodu wystarczyłby mi, by ją rozpoznać, choćby dzieliły nas całe mile.

Wyłuskawszy ją wzrokiem, zrobiłem sobie przejście głową i przebiłem się do niej, a Mercedes na mój widok chciała uciec, lecz wysiłki jej okazały się próżne, gdyż szturchańce, które rozdawała, nie zachęcały otrzymujących je osób do oddalenia; wręcz przeciwnie, domagały się one następnych. Dzięki temu wkrótce chwyciłem ją za ramię, wyciągnąłem z tłumu, choć się opierała, wyprowadziłem w spokojne miejsce i zapytałem:

– Coś uczyniła, nieszczęsna?

Na co Mercedes wybuchnęła płaczem, zmieniając twarz w wielobarwny pastel.

— Jak udało ci się dotrzeć tu przede mną? — zmieniłem nieco pytanie.

— Mam samochód — odrzekła głosem przerywanym czkawką i buczeniem.

Myślałem o tym, lecz odrzuciłem tę możliwość, świadom skromnego uposażenia nauczycieli w naszym kraju, nie wziąłem jednak pod uwagę szczodrości spółdzielni mleczarskiej, która pozwoliła dziewczynie przeznaczać na zbytki całość zarobków w szkolnictwie.

— Dlaczego to zrobiłaś? — nalegałem.

— Nie wiem. Nie znajduję logicznego wyjaśnienia tego, co mi się stało. Kiedy poszedłeś sobie dziś rano, byłam spokojna. Zaczęłam szykować dietetyczne śniadanie i nagle, jakby dzika bestia skoczyła na mnie, przygniotły mnie te wszystkie lata frustracji i żalu. Może to pretensje o to, że poświęciłam życie czemuś, co głupia uważałam za szlachetną sprawę. Może wieść o ślubie Isabel... Chcę umrzeć, bardzo się boję, co ze mną teraz będzie? Tyle zmarnowanych lat...

— Co dokładnie się wydarzyło?

— Wsiadłam do samochodu i przyjechałam, jak mogłam najprędzej. Z tej samej budki, którą tu widzisz, zadzwoniłam do Isabel. Ogromnie się zdziwiła, słysząc mój głos, bo była święcie przekonana, że studiuję za granicą, głupia gęś. Powiedziałam, że mam jej coś ważnego do przekazania i umówiłyśmy się w pobliskim barze. Miałam nadzieję, iż jej obecność ukoi mój gniew, ale tylko go wzmogła. Nie dopuszczając jej do słowa, bo paplałaby tylko o błahostkach, zasypałam ją najgorszymi wyzwiskami; powiedziałam, że zawsze uważałam ją za głupią, samolubną, małoduszną i obłudną. Nie wiedziała, o czym mówię, i uznała, że jestem stuknięta. Wtedy opowiedziałam jej o tym, co zaszło sześć lat temu w krypcie pod internatem, i wyjawiłam, że jej ręce są zbroczone ludzką krwią, być może krwią jej kochanka. Zagroziłam, że podam do publicznej wiadomości tę straszną informację, jeśli natychmiast nie zerwie zaręczyn. Chciałam tylko uśmierzyć mój gniew, zemścić się psychologicznie. Lecz Isabel, która z pewnością nie czytała Freuda, wzięła moje groźby na serio. Być może też moja opowieść wydobyła na powierzchnię jej wspomnienia zanurzone w podświadomości. Nigdy nie potrafiła, biedaczka, zmierzyć się z brudną stroną życia. Gdy znalazła się na takim rozdrożu, jej mechanizmy obronne rozprzęgły się i po powrocie do domu popełniła samobójstwo.

– Skąd wiesz?

– Plątałam się w pobliżu, po rozmowie z nią, z lekkimi wyrzutami sumienia. Widziałam, że wchodzi do domu ogromnie przygnębiona. Potem wszyscy zaczęli biegać jak oszalali. Przyjechał lekarz. Kamerdyner, który go przyjmował, był roztrzęsiony. Ukryta za ogrodzeniem, wyłowiłam słowa „samobójstwo" i „trucizna".

– Skąd wzięłaś ten makijaż i te dziwaczne akcesoria? – zapytałem, bardziej po to, by odwieść ją od smutnych myśli, niż z ciekawości.

– Miałam je w domu. Czasem przebierałam się i pozowałam sama dla siebie przed lustrem w moim pokoju. Mam zahamowania. Nigdy nie poszłam do łóżka z żadnym facetem. Boję się mężczyzn. Mój rzekomy bezwstyd to tylko gra skrywająca moją bojaźliwość. Jaki wstyd, jaka hańba!

– Dobrze już, dobrze – powiedziałem ojcowskim tonem. – Porozmawiamy o tym przy innej okazji. Teraz musimy wyjaśnić mnóstwo rzeczy. Zrobisz to, co ci każę, i tak jak obiecałem, do jutra sprawa będzie rozwiązana.

– Co mnie obchodzi, czy będzie rozwiązana, czy nie?

– Ciebie, nie wiem, ale mnie bardzo. Moja siostra jest w więzieniu, a ja gram o wolność, jeśli nie o własną skórę.

Nie skapituluję o dwa kroki od celu. Twoja pomoc rozwiązałaby wiele problemów. Popełniłaś czyn naganny, a ponadto zbędny, ponieważ Isabel nigdy nikogo nie zabiła ani nie miała kochanka. Możesz dla niej zrobić przynajmniej tyle, że pomożesz dowieść jej niewinności. Jest to zarazem jedyny sposób, by odkupić zło, które uczyniłaś, chyba że wolisz do końca swych dni żyć dręczona wyrzutami sumienia. A wreszcie, czy masz inne wyjście? Peraplana po śmierci Isabel nie ma najmniejszego powodu, by nadal cię utrzymywać za pośrednictwem mleczarni. Albo zaraz weźmiesz wodze losu w swoje ręce, albo skończysz jak... jak ja, żeby nie szukać daleko.

Przemowa ta najwyraźniej ją uspokoiła, przestała bowiem płakać i poprawiła barwy twarzy, korzystając z podłużnego pudełeczka zawierającego lusterko i aksamitną szmatkę. Przypomniałem sobie, że moja siostra nakłada cienie koniuszkiem ścierki, i pomyślałem, iż różnice społeczne znajdują odzwierciedlenie w najbanalniejszych szczegółach.

– Co mam robić? – zapytała po chwili ulegle.

– Masz pod ręką samochód?

– Tak, ale trzeba sprawdzić olej.

– A pieniądze?

– Przywiozłam wszystkie oszczędności na wypadek, gdybym musiała uciekać.

– To oznaka działania z premedytacją, ślicznotko. Ale aspektem procesowym zajmiemy się w swoim czasie. Chodźmy do samochodu, po drodze opowiem ci, co odkryłem i jaki mam plan.

Rozdział XIV

Tajemniczy dentysta

Nastała pora kolacji dla ludzi mogących pozwolić sobie na takie luksusy i ulice ponownie opustoszały. Zaczęło znowu padać, krople deszczu bębniły w maskę samochodu Mercedes, masywnej sześćsetki awansującej właśnie z antyku na relikwię, w której czekaliśmy u bram willi Peraplanów, aż mieszkańcy dadzą znak życia. Zasmucona rodzina wróciła do domu godzinę temu i można się było spodziewać, że członkowie jej poświęcą tę noc żałobie, ja jednak przewidywałem, że coś się wydarzy, i przeczucia me szybko zostały potwierdzone.

Pierwszy wyszedł kamerdyner osłonięty parasolem z lakierowanej skóry i otworzył bramę na oścież, następnie usunął się na bok i mrok nocy przebiły potężne światła reflektorów, a wreszcie z bramy wyłonił się seat, nie ten zmasakrowany, lecz inny. W jego wnętrzu siedział tylko kierowca. Na mój znak Mercedes uruchomiła silnik swego ekspresu do kawy.

– Przyklej się do niego i postaraj nie zgubić, choćbyś musiała w tym celu zrezygnować z zasad ustalonych przez kodeks ruchu drogowego w zakresie zachowania bezpiecznej odległości między pojazdami – poleciłem.

Ruszyliśmy tak blisko seata, że przeraziłem się, iż na niego najedziemy, za co odpowiedzialnością prawo obarczyłoby właśnie nas, gdyż o ile wiem, wina leży zawsze po stronie tego, kto jedzie z tyłu, nawet jeśli ten pierwszy sprowokował go słowem lub czynem. W tym układzie dojechaliśmy do alei Diagonal, a tam, korzystając z postoju na światłach, opuściłem pojazd, nie omieszkawszy powtórzyć:

– Pamiętaj, nie może ci uciec. I włóż okulary, na miłość boską; nikt ich nie zauważy, a pomogą ci uniknąć poważnego wypadku.

Przytaknęła, zacisnęła zęby i wypruła w ślad za seatem. Ja zaś zatrzymałem wypatrzoną już wcześniej taksówkę i wskakując do niej, powiedziałem kierowcy:

– Jedź pan za tymi dwoma samochodami. Jestem z tajnej policji.

Taksówkarz pokazał blachę:

– Ja też – powiedział. – Jaki wydział?

– Narkotyki – zaimprowizowałem. – Jak tam podwyżki za wysługę lat?

– Marnie, jak zwykle – westchnął fałszywy taksówkarz.

– Zobaczymy teraz po wyborach. Ja głosuję na Felipe Gonzaleza, a ty?

– Na kogo mi każą szefowie – uciąłem, by zakończyć zwierzenia, które prędzej czy później odsłoniłyby mą prawdziwą tożsamość.

Okrążyliśmy Calvo Sotelo i jechaliśmy dalej wzdłuż alei Diagonal. Tak jak się spodziewałem, kierowca seata wkrótce zauważył, że jest śledzony, bezwstydnie zignorował zakaz, wjechał pod prąd na Muntaner i zgubił biedną Mercedes, której o mało nie rozgniótł autobus, gdy próbowała się brawurowo wycofać. Uśmiechnąłem się do siebie i powiedziałem taksówkarzowi, żeby jechał za seatem. Ów, przekonany, że pozbył się ogona, znacznie zwolnił i podążaliśmy za nim bez trudu. Przy okazji chwilowo pozbyłem się Mercedes, nie raniąc jej miłości własnej, mocno już nadszarpniętej.

Seat dotarł do celu: ukośnego budynku przy Vía Enrique Granados. Samochód zatrzymał się, kierowca wysiadł i ruszył w stronę mrocznej bramy, chowając głowę w ramionach, jakby mógł ją w ten sposób ukryć przed deszczem. Brama otworzyła się i kierowca seata zniknął w jej czeluściach. Poprosiłem taksówkarza, żeby zaczekał, ale powiedział, że nie może.

– Muszę pokręcić się koło domu Reventosa, a nuż odkryję jakieś oszustwo.

Podziękowałem mu i życzyłem szczęścia. Nie przyjął od kolegi zapłaty za kurs, choć tym razem miałem pieniądze, które wręczyła mi Mercedes, zanim się rozstaliśmy. Tajniak odjechał i zostałem sam w deszczu. Powierzchowne oględziny seata nie rzuciły światła na sprawę. Na identyfikatorze widniała nazwa biura pośrednictwa nieruchomości, z pewnością przykrywki dla uniknięcia podatków. Rozbiłem zamek cegłą i powęszyłem po wnętrzu. Schowek zawierał tylko dokumenty pojazdu, źle złożoną mapę drogową i latarkę bez baterii. Tapicerka była aksamitna, a na siedzeniu kierowcy leżała plecionka z konopi, zapobiegająca poceniu się tyłka. Ze szczegółu tego wywnioskowałem, że samochód prowadził zazwyczaj sam Peraplana. Nie było żadnego powodu, by nie sądzić, że to on we własnej osobie wszedł do bramy. Na wszelki wypadek zanotowałem w pamięci stan licznika, choć nie wierzyłem, że zostanie w niej na długo, gdyż matematyka nie jest moją silną stroną; skłaniam się raczej ku naukom humanistycznym. W popielniczce leżały niedopałki marlboro, filtry nie wykazywały obecności szminki, a za to, i owszem, regularny ślad zębów, zapewne nie mlecznych. Na dywaniku zalegał popiół, co oznaczało, że pali kierowca. Jeden z niedopałków był jeszcze wilgotny, a zapalniczka samochodowa – ciepła. Wszystko to potwierdzało, że osobą, którą śledziłem, był sam Peraplana. Wysiadłem z samochodu, wyszarpnąwszy uprzednio radio i magnetofon, by zatrzeć ślady mego śledztwa. Pozbyłem się obu urządzeń, wrzucając je do kanału ściekowego, i przez kilka sekund rozważałem możliwość ukrycia się w bagażniku i zobaczenia, dokąd by mnie zawieziono. Szybko jednak odrzuciłem tę myśl z uwagi na ryzyko oraz ponieważ bardziej mnie interesowało, co waży się w narożnym domu, do którego udał się Peraplana, zanim jeszcze ostygło ciało jego córki.

W barze przekąskowym naprzeciwko zamówiłem pepsi-colę i zamknąłem się w budce telefonicznej, zaopatrzony w stos fiszek i starając się nie spuszczać z oka interesującej mnie bramy. W spisie ulic odszukałem obserwowany budynek i zacząłem wydzwaniać do wszystkich lokatorów po kolei, zagadując ich tymi słowy:

– Cześć, tu „Cambio 16"! Przeprowadzamy ankietę: który program oglądasz w tej chwili?

Wszyscy odpowiadali, że pierwszy, a jeden ekscentryk, że drugi. Pod jednym tylko numerem z tych, na które zadzwoniłem, odpowiedziano mi niechętnie:

– Żadnego – po czym odłożono słuchawkę.

„Połknąłeś przynętę, rybko", powiedziałem sobie, sprawdzając nazwisko osoby, która tak grubiańsko potraktowała naszą prasę. Plutonio Durenio Doquadrato, dentysta.

Nadal nie spuszczając z oka bramy, wypiłem pepsi-colę i wsuwałem właśnie język w szyjkę butelki, by wysączyć ostatnią kroplę, gdy ujrzałem, że z gmachu wyłania się dwóch mężczyzn, niosących delikatnie jakiś pakunek owinięty w białe prześcieradło. Z głębi bramy obserwowała ich kobieta załamująca ręce. Wymiary pakunku i jego kształt odpowiadały wymiarom i kształtowi niezbyt dużej osoby, z pewnością dziewczynki. Mężczyźni umieścili pakunek w bagażniku seata i pogratulowałem sobie, że mnie tam nie ma. Następnie jeden z nich usiadł za kierownicą i samochód odjechał. Chętnie podążyłbym za nim, lecz w okolicy nie dostrzegłem ani skrawka taksówki. Skupiłem więc uwagę na drugim mężczyźnie, który wrócił do bramy, odbył krótką, lecz ożywioną rozmowę z kobietą załamującą ręce, po czym zamknął drewniane drzwi. Zapłaciłem, wyszedłem z baru i uważnie obejrzałem bramę; deszcz nie ustawał. Dokonawszy oględzin, których rezultat pominę, by nie wdawać się w specjalistyczną terminologię ślusarsko-przestępczą, przywłaszczyłem sobie metalowy pręt, wypatrzony na pobliskiej budowie, i otworzyłem bramę. Analiza skrzynek pocztowych w holu dostarczyła mi informacji o lokalizacji mieszkania dentysty: drugie piętro, pierwsze drzwi. Zlekceważyłem windę przypominającą trumnę i wszedłem po schodach, by nie usłyszano, dokąd zmierzam. Wnętrze budynku pasowało do jego fasady, szarej, masywnej, topornej i nieco smutnej; typowa kamienica z Ensanche. Zadzwoniłem do drzwi dentysty, który odpowiedział natychmiast, patrząc przez wizjer:

– Kto tam?

– Panie doktorze, mam na dziąśle wrzód, który piekielnie mnie boli – powiedziałem, wydymając policzek.

– Nic pan tam nie ma, o tej porze nie przyjmuję, a jeśli już, to w gabinecie w dzielnicy Clot – odrzekł dentysta.

– Tak naprawdę – powiedziałem, eksplorując nowe kierunki podejścia go – jestem psychiatrą dziecięcym i chcę porozmawiać o pańskiej córce.

– Proszę natychmiast zostawić mnie w spokoju, szaleńcze.

– Jeśli tak pan mówi, pójdę sobie, ale wrócę w towarzystwie policji – zagroziłem bez przekonania.

– To ja wezwę policję, jeśli nie zniknie pan stąd w czasie krótszym, niż pieje kur.

– Panie doktorze – powiedziałem już z mniejszą emfazą – jest pan wplątany w niezłe tarapaty. Lepiej będzie, jeśli porozmawiamy szczerze.

– Nie wiem, o czym pan mówi.

– Oczywiście że pan wie, w innym razie nie kontynuowałby pan tego dialogu, bezsensownego dla każdego przy zdrowych zmysłach. Wiem o wszystkim, co się tyczy pańskiej córki, i choć to może wydawać się panu nieprawdopodobne, mogę wam pomóc, jeśli tylko będzie pan skłonny do współpracy. Policzę teraz do pięciu. Powolutku, ale tylko do pięciu. Jeśli do tego czasu mi pan nie otworzy, pójdę sobie i sam pan poniesie konsekwencje swego uporu. Jeden... dwa... trzy...

Usłyszałem zza drzwi słaby kobiecy głos, który mówił:

– Otwórz mu, Pluto. Może faktycznie potrafi nam pomóc.

– ... cztery... i pięć. Dobranoc państwu.

Drzwi otworzyły się i w holu zarysowała się postać, którą wcześniej widziałem w bramie. Kobieta załamująca ręce nadal je załamywała, stojąc za plecami swego męża dentysty.

– Niech pan poczeka – powiedział ten ostatni. – Nic nie szkodzi porozmawiać. Kim pan jest i co pan ma mi do powiedzenia?

– Nie muszą dowiedzieć się o tym wszyscy sąsiedzi, panie doktorze – powiedziałem. – Proszę mnie wpuścić.

Doktor usunął się i wszedłem do przedpokoju, słabo oświetlonego energooszczędną żarówką zamkniętą w klatce lampy z kutego żelaza. Oprócz niej w przedpokoju znajdował się fajansowy stojak na parasole, wieszak z ciemnego, rzeźbionego drewna oraz prosty fotel. Ściany były obite tapetą symetrycznie powtarzającą wiejską scenę. Po wewnętrznej stronie drzwi wisiało emaliowane Najświętsze Serce z napisem „Pobłogosławię ten dom". Płyty podłogi były ośmiokątne, różnokolorowe, tańczyły pod stopami.

– Będzie pan łaskaw – powiedział dentysta, wskazując na wąski i mroczny korytarz, zdający się nie mieć końca.

Ruszyłem korytarzem, przed doktorem i jego małżonką, żałując, że nie zaproponowałem rozmowy na neutralnym terenie, gdyż nie wiedziałem, co mnie oczekuje w głębi, a powszechnie znana jest zdolność do czynienia krzywdy, właściwa dentystom.

Rozdział XV

Dentysta usprawiedliwia się

Obawy moje okazały się jednak nieuzasadnione, ponieważ w połowie drogi doktor wyprzedził mnie i skwapliwie zapalił lampę, która oświetliła salonik skromnie umeblowany, lecz wygodny, zapraszając mnie gestem, bym spoczął na jednym z foteli, i oznajmiając:

– Nie możemy, niestety, ugościć pana tak, jak byśmy sobie życzyli, gdyż zarówno małżonka moja, jak i ja jesteśmy abstynentami. Mogę jedynie zaoferować panu leczniczą gumę do żucia, przysłaną mi jako materiał reklamowy przez pewną firmę farmaceutyczną. Mówią, że dobrze działa na dziąsła.

Odrzuciłem ofertę, poczekałem, aż małżeństwo usiądzie, i rzekłem tak:

– Z pewnością zastanawiają się państwo, kim jestem i z jakiego tytułu wtrącam się w wasze sprawy. Odpowiem następująco: to pierwsze nie ma znaczenia, a drugiego nie jestem w stanie wyjaśnić. Uważam jednak, że zostaliśmy wszyscy wmieszani w brudną sprawę, choć nie ośmielę się tego stwierdzić z całkowitą pewnością, dopóki nie odpowiedzą mi państwo na pytania, które im zadam. Kilka minut temu widziałem pana, panie doktorze, niosącego jakiś tobół i wkładającego go do bagażnika pewnego samochodu. Czy przyznaje pan, że tak było?

– Tak, w rzeczy samej.

– Czy przyzna pan także, iż rzeczony tobół zawierał istotę ludzką czy też, ściśle mówiąc, był istotą ludzką, prawdopodobnie dziewczynką, i, zaryzykuję twierdzenie, pańską córką we własnej osobie?

Stomatolog zawahał się, a wówczas głos zabrała jego żona i rzekła:

– To była nasza córeczka, proszę pana. Ma pan całkowitą rację.

Zauważyłem, że była to kobieta cokolwiek przy kości, lecz jeszcze wyglądająca korzystnie. Oczy jej i kształt ust wyrażały nie wiem co, a z całej osoby promieniowała jakaś światłość, co do której nie wiedziałem, czemu ją przypisać.

– I czyż nieprawdą jest – ciągnąłem, przypominając sobie elegancki styl prezentowany przez prokuratora podczas rozpraw, w których uczestniczyłem w charakterze oskarżonego, oraz, niestety, wszystkich innych – że dziewczynka z tobołu, córeczka państwa, jest tą samą dziewczynką, która zniknęła dwa dni temu ze szkoły sióstr lazarystek San Gervasio?

– Milcz – powiedział dentysta małżonce. – Nie musimy odpowiadać.

– Odkryli nas, Pluto – odrzekła ona z nutą ulgi w głosie. – I cieszę się, że tak się stało. Nigdy wcześniej, proszę pana, nie naruszyliśmy prawa. Pan, który wygląda nieco na lumpa, zgodzi się zapewne, że niełatwo jest uciszyć sumienie.

Wyraziłem zgodę i ciągnąłem:

– Dziewczynka nie zginęła, lecz została zabrana ze szkoły bez wiedzy sióstr i przyniesiona do tego domu, gdzie państwo ukryli ją, udając głęboki smutek z powodu, który chcieliście przedstawić jako porwanie lub ucieczkę, nieprawdaż?

– Było dokładnie tak, jak pan mówi – stwierdziła żona.

Następne pytanie zabrzmiało całkiem naturalnie.

– Dlaczego?

Małżeństwo zachowało milczenie.

– Jaki był cel tej absurdalnej farsy? – nalegałem.

– On nas zmusił – powiedziała żona. Po czym dodała, zwracając się do męża, który rzucał jej spojrzenia pełne dezaprobaty: – Lepiej będzie, jeśli wszystko wyznamy. Czy jest pan policjantem? – zapytała mnie.

– Nie, proszę pani, ani policjantem, ani szpiclem. Kto to jest „on"? Peraplana?

Żona wzruszyła ramionami. Stomatolog ukrył twarz w dłoniach i wybuchnął szlochem. Żal było patrzeć na cierpiącego dentystę. Odczekałem cierpliwie, aż weźmie się w garść, a wówczas rozłożył ramiona, jakby chciał obnażyć całą swą słabość, i powiedział, co następuje:

– Pan, szanowny panie, który wygląda na bystrego obserwatora i człowieka inteligentnego, wywnioskował zapewne z nazwy dzielnicy, w której mieszkamy, z prostoty naszej garderoby i sprzętów domowych, a także z tego, że wychodząc z pokoju, automatycznie gasimy światło, iż należymy do cierpliwej i niewymagającej klasy średniej. Zarówno małżonka moja, jak i ja pochodzimy ze skromnych rodzin. Ja sam korzystałem przez całe studia ze stypendiów i darmowych korepetycji organizowanych przez jezuitów za pośrednictwem ich Towarzystwa. Kultura mojej małżonki ogranicza się do szczupłej wiedzy kulinarnej, której nieobce są blaski i cienie, oraz pewnych umiejętności natury krawieckiej, pozwalających jej przekształcić letnie sukienki w podomki, których nigdy nie nosi. Choć wstąpiliśmy w związek małżeński lat temu trzynaście, nasze skromne dochody pozwoliły nam na posiadanie zaledwie jednego dziecka, ku naszej zgryzocie, zmuszając nas, od długiego już czasu, do sięgania po środki zapobiegające jajeczkowaniu, mimo że oboje jesteśmy praktykującymi katolikami, co odarło nasze stosunki seksualne z całego uroku, gdyż nękają nas wyrzuty sumienia.

Zbędne jest dodawanie, iż córeczka nasza od samego momentu poczęcia stała się centrum naszego życia i że dokonaliśmy dla niej niezliczonych wyrzeczeń, za które nigdy nie wystawiliśmy jej rachunku, a w każdym razie nie w sposób jawny. Los, który w tylu innych sprawach okazał się nam przeciwny, wynagrodził nas dzieckiem pełnym uroku i zalet, wśród których niepoślednią jest szczera miłość, jaką do nas żywi.

Zamilkł dentysta i, być może szukając aprobaty, odwrócił się do małżonki, lecz ta, z zamkniętymi oczami i zmarszczoną brwią, zdawała się nieobecna, jakby przebiegała historię swego życia, czego nie wydedukowałem, rzecz jasna, z jej roztargnionej postawy, lecz z późniejszej reakcji, o której w stosownym momencie opowiem.

– Gdy córka nasza osiągnęła wiek rozumny – podjął dentysta – dyskutowaliśmy, ja i małżonka moja, długo i dość zażarcie na temat szkoły, do której powinniśmy ją posłać. Oboje zgodziliśmy się co do tego, że ma być najlepsza, jaką oferuje miasto, lecz podczas gdy małżonka moja skłaniała się ku szkole świeckiej, postępowej i kosztownej, ja byłem zwolennikiem tradycyjnej edukacji religijnej, która tak dobre owoce wydała w Hiszpanii. Nie sądzę, nawiasem mówiąc, by zmiany zaszłe niedawno w naszym społeczeństwie okazały się trwałe. Wcześniej czy później wojskowi sprawią, że wszystko powróci do normalności. Z drugiej strony, w nowoczesnych szkołach panuje libertynizm: profesorzy, jak słyszałem, chwalą się przed młodzieżą rozprzężeniem życia małżeńskiego; nauczycielki nie noszą bielizny; podczas przerw zniechęca się uczniów do sportu, a zachęca do lubieżności; organizuje się tańce i kilkudniowe wycieczki, wyświetla się sprośne filmy. Nie wiem, czy, jak powiadają, przygotowuje to dzieci do zmierzenia się ze światem. Być może jest to metoda, by zaszczepić je przeciw ryzyku; na temat ten wolę się nie wypowiadać. O czym to mówiłem?

– O szkole pańskiej córki – przypomniałem.

– Ach, tak. Dyskutowaliśmy zatem, jak wspominałem, a jako że małżonka moja jest kobietą, a ja mężczyzną, musiała ustąpić, gdyż takie jest prawo natury. Szkoła sióstr lazarystek, którą ostatecznie wybrałem, oznaczała dla nas podwójne poświęcenie: musieliśmy rozstać się z córeczką, ponieważ regulamin zakładał mieszkanie w internacie i nie dopuszczał wyjątków, oraz uiszczać opłaty miesięczne, których nie zawaham się określić jako uciążliwe, zarówno w kategoriach względnych, jak i bezwzględnych. Poziom kształcenia był jednak bez zarzutu i nigdy się nie skarżyliśmy, choć Bóg jeden wie, że pieniędzy nam nie zbywało. Tak mijały lata.

Powachlował powoli powietrze dłońmi, jakby chciał w ten sposób sprawić, by w salonie wyświetliły się obrazy owej trywialnej sagi rodzinnej.

– Wszystko szło dobrze – podjął, widząc, że nic takiego się nie wydarza – do momentu, gdy przeczytałem w jednym z darmowych czasopism, które przychodzą do mego gabinetu, artykuł poświęcony niemieckim osiągnięciom w dziedzinie ortodoncji. Oszczędzę panu szczegółów technicznych. Wystarczy powiedzieć, że naszła mnie nieprzeparta ochota nabycia wiertarki elektrycznej i odłożenia do lamusa tej na pedały, której używałem dotychczas i która, nawiasem mówiąc, nie budziła zachwytu klienteli. Obszedłem wszystkie banki, lecz odmówiły mi udzielenia kredytu, w związku z czym musiałem skorzystać z usług instytucji finansowych nieco bardziej wymagających pod względem wysokości oprocentowania. Podpisałem weksle. Przysłano mi wiertarkę, lecz instrukcja była w języku niemieckim. Eksperymentując na pacjentach, straciłem niektórych. Terminy spłaty rat upływały z zawrotną prędkością i musiałem zaciągnąć nowe pożyczki, by ich dotrzymać. Krótko mówiąc, wpadłem w pułapkę bez wyjścia. Moje przekonania religijne i odpowiedzialność jako ojca i męża wykluczały tchórzliwe wyjście, jakim jest samo-bójstwo. Oczekiwało mnie tylko więzienie i hańba. Sama myśl o tym, by małżonka moja musiała podjąć pracę, była mi nienawistna. Nie szukam paliatywów dla mych win, chcę jedynie, by zrozumiał pan mą sytuację i zmierzył moje troski.

Pewnego ranka pojawił się w moim gabinecie elegancki i poważny dżentelmen. Pomyślałem, że przynosi nakaz wywłaszczenia albo nawet wezwanie na rozprawę, lecz on nie był, na co zdawały się wskazywać jego ubiór i zachowanie pełne wyższości, urzędnikiem sądu, lecz finansistą, który odmówił ujawnienia swej tożsamości i oznajmił, iż wie o moich kłopotach. Powiedział, że może mi pomóc. Chciałem ucałować jego dłoń, lecz podniósł ją, o tak, i cmoknąłem tylko powietrze. Zapytał mnie, czy mam córkę w internacie San Gervasio. Potwierdziłem. Zapytał, czy jestem skłonny wyświadczyć mu przysługę i dotrzymać sekretu. Dał mi słowo, że małej nie stanie się żadna krzywda. Cóż mogłem zrobić? Byłem, jak to się mówi, między młotem a kowadłem. Przychyliłem się do jego prośby. Dwie noce temu przywiózł małą do domu. Była bardzo blada i wyglądała na martwą, lecz pan ów zapewnił nas, że nic jej nie jest i że musiał podać jej środek uspokajający, co stanowiło część planu. Wręczył mi pudełko z ampułkami, których zawartość mała miała wdychać co dwie godziny. Dzięki mej wiedzy zawodowej zorientowałem się, że są to ampułki z eterem. Chciałem wycofać się z umowy, lecz dżentelmen uciął me protesty sardonicznym śmiechem, który postaram się panu odtworzyć: he, he.

„Za późno na skruchę i żale – powiedział. – Posiadam pańskie weksle, które oprotestuję przy najmniejszej oznace niesubordynacji, lecz to nie wszystko: sprawa przekroczyła już granice nakreślone przez kodeks karny. Ani pan, ani jego małżonka, ani nawet córka państwa nie unikniecie procesu, jeśli nie zastosujecie się ściśle do mych poleceń".

I tak oto, przerażeni i bezsilni, spędziliśmy ostatnie dwa dni, narkotyzując naszą córeczkę i oczekując, że w każdej chwili spadnie na nas ramię prawa. Tego wieczoru rzeczony dżentelmen pojawił się ponownie i nakazał, byśmy oddali mu małą. Owinęliśmy ją w prześcieradło i umieściliśmy w bagażniku samochodu, tak jak pan widział, wedle pańskiego oświadczenia. To wszystko.

Stomatolog zamilkł, a jego ciałem ponownie wstrząsnęło łkanie. Kobieta zaś powstała, przeszła przez salon i wpatrzyła się w przywiędłe geranium zdobiące balkonik. Gdy przemówiła, jej głos zdawał się wydobywać z żołądka.

– Ach, Pluto – powiedziała – w złą godzinę wyszłam za ciebie. Zawsze byłeś ambitny bez siły przebicia, despotyczny bez wielkości i szalony bez wdzięku. Nigdy nie dałeś mi nic z tego, czego oczekiwałam, ani nawet z tego, czego nie oczekiwałam, a za co byłabym równie wdzięczna. Z mej niezgłębionej zdolności do cierpienia wykorzystałeś tylko uległość. U twego boku nie zaznałam nie tylko namiętności, lecz nawet czułości, nie tylko miłości, lecz nawet poczucia bezpieczeństwa. Gdybym nie obawiała się, jak się obawiam, samotności i ubóstwa, porzuciłabym cię tysiąc razy. Ta sprawa jest kroplą, która przepełniła czarę. Poszukaj sobie adwokata i przeprowadzimy separację.

Po czym wyszła z salonu, nie zważając na pozę męża, który najwyraźniej oniemiał. Słyszeliśmy stuk jej obcasów w korytarzu, a następnie gniewne trzaśnięcie drzwiami.

– Zamknęła się w łazience – poinformował przygnębiony dentysta. – Zawsze robi to samo, kiedy wpada w histerię.

Ja zasię, który mam w zwyczaju niewtrącanie się w sprawy małżeńskie bliźnich, podniosłem się, aby odejść, lecz dentysta chwycił mnie dwiema rękami za ramię i zmusił do powrotu na fotel. Z łazienki dobiegł szum wody.

– Pan – powiedział dentysta – jest mężczyzną. Pan mnie zrozumie. Kobiety takie są: podsuwa się im rzeczy pod nos, a one się skarżą; da się im palec, a one skarżą się dalej. To na nas spada cała odpowiedzialność, to my musimy podejmować wszystkie decyzje. One tylko oceniają: jeśli coś się uda, zaraz o tym zapomną; jeśli się nie uda, toś safanduła. Matki nabiły im głowę bzdurami, wszystkie mają się za Grace Kelly. Ale pan, oczywiście, nie rozumie, co do niego mówię. Pan robi minę typu „mam to w nosie". Pan, sądząc po jego wyglądzie, zalicza się do owej szczęśliwej klasy, której wszystko podaje się na tacy. Nie macie się czym przejmować: nie posyłacie dzieci do szkoły, nie chodzicie z nimi do lekarza, nie musicie ich ubierać ani karmić; wysyłacie je nagie na ulicę i radź sobie sam. Jest wam obojętne, czy macie ich jedno, czy czterdzieści. Odziane w łachmany, żyją w kupie jak zwierzęta, nie chodzą do teatru i nie odróżniają polędwicy od rozdeptanego szczura. Kryzysy ekonomiczne was nie dotykają. Nie macie stałych wydatków, możecie poświęcać całe dochody na staczanie się, a któż później was z tego rozliczy? Jeśli zabraknie wam pieniędzy, strajkujecie i czekacie, aż państwo wyciągnie za was kasztany z ognia. Na starość, jako że nie potraficie zaoszczędzić ani kilku peset, rzucacie się w ramiona opieki społecznej. A kto, tymczasem, umożliwia postęp? Kto płaci podatki? Kto utrzymuje porządek w domu? Nie wie pan? My, mój panie, dentyści!

Powiedziałem mu, że ma wiele racji, życzyłem dobrej nocy i wyszedłem, ponieważ robiło się późno, a mnie zostało jeszcze do wyjaśnienia kilka niewiadomych. Idąc korytarzem w stronę drzwi, usłyszałem plusk dochodzący z pomieszczenia, które, jak wydedukowałem, mogło być łazienką.

Na ulicy taksówki świeciły nieobecnością, a na transport publiczny nie było co liczyć. Ruszyłem więc przed siebie lekkim truchcikiem i po pewnym czasie dotarłem, przemoczony do suchej nitki, do baru przy ulicy Escudillers, gdzie wyznaczyłem spotkanie Mercedes. Zastałem ją w otoczeniu nocnych marków, którzy starali się ją poderwać. Biedna dziewczyna, przybywająca wszakże z przyzwoitego miasteczka, siedziała sterroryzowana taką dawką bezczelności, lecz na mój widok udała rozbawioną nonszalancję. Jakiś typ w rozchełstanej koszuli ukazującej owłosienie i tatuaże spojrzał na mnie prowokująco przekrwionymi oczami.

– Mogliśmy umówić się w Sandorze – powiedziała Mercedes z pretensją w głosie.

– Nie przyszło mi to do głowy – odrzekłem.

– To twój facio, cycata? – zapytał bryś od koszuli.

– Mój narzeczony – powiedziała niebacznie Mercedes.

– To ja go przerobię na krokiety – zapowiedział buńczucznie fanfaron i chwyciwszy za szyjkę butelkę po winie, rozbił ją o marmurowy blat. Odłamki szkła wbiły mu się w rękę i trysnęła krew. – Szlag by to! – zaklął. – Na filmach wychodzi bez pudła.

– Na filmach butelki są klejone – powiedziałem. – Pozwoli pan, że mu opatrzę rękę? Jestem sanitariuszem.

Pokazał mi zakrwawioną dłoń, a ja opróżniłem na nią zawartość solniczki. Podczas gdy wył z bólu, roztrzaskałem mu na łbie taboret. Runął na podłogę, po czym właściciel baru zaapelował do nas, byśmy sobie poszli, ponieważ nie chce bójek. Gdy wyszliśmy na zewnątrz, Mercedes rozpłakała się.

– Nie udało mi się jechać za samochodem, jak kazałeś. Zgubił mnie. A potem najadłam się strachu.

Jej wyznanie wzbudziło mą czułość i niemal pożałowałem, że wplątałem ją w tę intrygę.

– Nie przejmuj się już, kobieto – powiedziałem. – Jestem przy tobie i wszystko skończy się dobrze. Gdzie masz samochód?

– Źle zaparkowany przy ulicy Carmen.

– To chodźmy.

Gdy doszliśmy do samochodu, właśnie zabierał go dźwig. Nie bez dyskusji funkcjonariusze straży miejskiej zgodzili się, byśmy uiścili mandat i zatrzymali samochód. W zamian za gotówkę wręczyli nam starannie złożone pokwitowanie i napomnieli, by przeczytać je dopiero, gdy sobie pójdą. Pokwitowanie miało następującą treść: „Jest pan stały w uczuciach, lecz zamknięcie w sobie może powodować pomyłki; proszę dbać o oskrzela".

– Obawiam się – powiedziałem – że zostaliśmy oszukani.

Rozdział XVI

Korytarz stu drzwi

Dochodziła druga nad ranem, gdy Mercedes udało się zaparkować sześćsetkę przy uliczce nie bardzo odległej od szkoły sióstr lazarystek. Zarzuciłem na ramię dobra, jakie nabyliśmy wieczorem, i ruszyliśmy pustymi uliczkami. Bogu dzięki, przestało padać.

– Nie zapomnij instrukcji – mówiłem Mercedes. – Jeśli za dwie godziny nie dam znaku życia...

– Dzwonię do komisarza Floresa, wiem. Powiedziałeś mi to już ze sto razy. Uważasz mnie za głupią?

– Zrozum, nie chcę narażać się na niepotrzebne ryzyko – przeprosiłem. – Nie wiem, z czym będę musiał się zmierzyć w tej przeklętej krypcie, ale mam wrażenie, że jej bywalcy nie patyczkują się z gośćmi.

– Na początek – zauważyła Mercedes – będziesz musiał pokonać muchę-olbrzyma.

– Nie ma żadnej muchy-olbrzyma, głuptasku. To, co widziałaś, to był człowiek w masce przeciwgazowej. Ci goście najwyraźniej lubią bawić się eterem.

– Czy nie powinieneś zabrać ze sobą kanarka? – zasugerowała Mercedes.

– Tego by tylko brakowało! – skwitowałem.

Przystanęliśmy przed bramą najeżoną kolcami. Cisza była przytłaczająca, a w budynku szkoły nie paliło się ani jedno światło. Westchnąłem, zdjęty wątpliwościami. Mercedes szepnęła mi do ucha:

– Odwagi.

Nie chciałem wyjaśniać, że zależność od niej, o której, nie licząc garści informacji dostarczonych przez nią samą, wiedziałem tylko, iż niedawno popełniła moralne morderstwo, była właśnie tym, co mnie niepokoiło.

– Życz mi szczęścia – powiedziałem, tak jak słyszałem na filmach.

– Gdybyśmy mieli nie zobaczyć się więcej – dodała dość nietaktownie – chcę, żebyś wiedział jedno: to, co ci powiedziałam dziś po południu o zahamowaniach, to nieprawda. Miałam niezliczonych kochanków. Spałam ze wszystkimi Murzynami; mężczyznami, kobietami, dziećmi, wielbłądami. Z całym plemieniem.

Uznałem, że niebezpieczeństwo pobudziło jej wyobraźnię, i powiedziałem, że wierzę w każde słowo. Podczas rozmowy znalazłem, czego szukałem: kupkę psich ekskrementów niedawnego wyrobu. Podniosłem je pieczołowicie z chodnika, starając się nie naruszyć pierwotnej formy, i przełożyłem do szkolnego ogrodu przez grube pręty bramy. Nie upłynęło wiele czasu, a nadbiegły dwa brytany, które zachowały się dokładnie tak, jak przewidziałem, albowiem z obserwacji mych wynika, że psy, uchodzące skądinąd za inteligentne zwierzęta, mają zwyczaj obwąchiwania wydzielin swych pobratymców z wyraźnym upodobaniem; brytany nie stanowiły wyjątku od tej niefortunnej reguły. Pozostawiwszy cerberów zajętych jakże niedrogim prezentem, pobiegliśmy wzdłuż ogrodzenia do miejsca, gdzie wysokość jego zmniejszała się. Wspiąłem się na barki Mercedes, która, mimo mej wątłej budowy, chwiała się pod mym ciężarem jak łódeczka na wietrze, i rozłożyłem na szkle wystającym z muru koc, który nabyliśmy tegoż popołudnia w lokalu, oferującym takież artykuły. Tym sposobem udało mi się pokonać grzbiet muru, zanim nie posiekały mnie odłamki szkła w nim osadzone. Przerzuciłem przez pierś sakwę, którą podała mi z dołu Mercedes, obserwując zarazem panoramę ogrodu – psów ani śladu. Wyjąłem z torby zakupioną na targu Ninot śliczną laskę katalońskiej kiszki, którą w razie zagrożenia zamierzałem udobruchać brytany, i zeskoczyłem na ziemię. Miękki trawnik zamortyzował upadek. Mercedes, od ulicy, pociągnęła za koc, aby usunąć ślady wtargnięcia na teren szkoły, lecz w tym momencie wydarzyła się rzecz nieprzewidziana: drugi koc, którego obecności nie zauważyliśmy wcześniej, wysunął się z fałdów pierwszego i spadł mi na głowę na podobieństwo całunu, jakim okrywają się duchy. Oślepiony, potknąłem się o korzeń wystający z ziemi i runąłem na twarz, zaplątany w koc. Przypomniałem sobie wówczas, że w sklepie z kocami stała ogromna tablica oznajmiająca, że wszystkim młodym parom, które zakupią ten artykuł, zostanie podarowany drugi, identycznych rozmiarów, koloru i faktury, obojętne, czy będą go potrzebować, czy nie. Nie zwróciłem wtedy uwagi na ten szczegół, ponieważ zachowanie nasze, Mercedes i moje, nie dawało żadnych podstaw do wysnuwania wniosków na temat natury naszych stosunków.

Tak czy owak, jak już nadmieniłem, byłem uwikłany w walkę z kocem, gdy uszu moich dobiegł groźny warkot, a przez wełnę, o ile z tegoż materiału był wykonany koc, poczułem dotyk wilgotnych pysków. Brytany porzuciły bowiem miłe ich sercom zajęcie i nadbiegły z przykładną sumiennością na dźwięk mego upadku. Na szczęście wszystkie nowe koce wydzielają charakterystyczny zapaszek, który nie jest zbyt przyjemny, a który w tym momencie sprawił, że psy nie zauważyły obecności istoty ludzkiej wewnątrz ruszającego się pakunku. Zdecydowany na wykorzystanie tej nieprzewidzianej okoliczności i ściskając w zębach kiszkę, która wydała mi się nadmiernie twarda jak na swą astronomiczną cenę, ruszyłem przez trawnik na czworakach, starając się, by żadna ze skrajnych części mojej osoby nie wystawała poza okrycie, i po pewnym czasie, nadal eskortowany przez psy, które niechybnie łamały sobie łby, zastanawiając się, cóż to za dziwadło, dotarłem do ściany szkoły. Nadszedł wówczas moment krytyczny: moment opuszczenia schronienia i przedostania się do budynku.

Ostrożnie uniosłem brzeg koca i z całej siły cisnąłem przed siebie kiszkę. Psy pomknęły za nią. Ujrzawszy się wolnym, odzyskałem postawę pionową i spojrzałem na wznoszącą się nade mną ścianę. Ku mej najwyższej trwodze odkryłem, że nie rysuje się na niej ani okno, ani żadna roślina wijąca, ani nic, czego można by się uchwycić czy na czym oprzeć stopę.

Psy wracały już pędem, z kiszką w jednym z pysków. Zdesperowany, zarzuciłem na nie koc, w który zaplątały się oba szybko i skutecznie, i tak oto, w okamgnieniu, odwróciły się role w wielkim teatrze świata. Podejrzewam, że zaczęły się gryźć albo też, osłonięte przed cudzą ciekawością, oddały się czynom lubieżnym, gdyż zwierzęta te nie grzeszą nadmiarem skromności, jeśli chodzi o zabawę. Ja zaś pogalopowałem, przyklejony do ściany, do najbliższego okna, otwartego z uwagi na łagodną aurę, przez które wśliznąłem się do budynku ze zręcznością spotęgowaną przez panikę.

Nie wiedziałem, gdzie jestem, lecz ciche pochrapywanie uzmysłowiło mi, że nawiedziłem celę, w której najpewniej spała jakaś zakonnica. Wyjąłem z sakwy latarkę zakupioną tegoż pamiętnego popołudnia i zorientowałem się, chcąc jej użyć, że trzymam w rękach kiszkę, co oznaczało, że pod wpływem zdenerwowania, zrozumiałego w takich okolicznościach, zaoferowałem psom latarkę. Po ciemku i starając się trzymać z dala od chrapania, wymacałem drzwi, których gałka obróciła się, nie stawiając oporu. Drzwi otworzyły się i wyszedłem na korytarz, który przebiegłem, obmacując ściany, i który skręcał pod kątem prostym w lewo, w związku z czym obszedłem go kilka razy, wracając ciągle do punktu wyjścia. Niebawem straciłem całkowicie orientację i poczucie czasu. Nie chciałem sprawdzać, co znajduje się za drzwiami, na które natrafiałem dłońmi, gdyż obawiałem się, że będą to inne sypialnie. Jednakże po odrzuceniu hipotezy, że korytarz nie ma wyjścia, a zakonnice wchodzą do cel przez okna, powiedziałem sobie, że jedne z setki wymacanych przeze mnie drzwi muszą prowadzić do pozostałej części gmachu. Ale które?

Grzebiąc namiętnie w otworach nosowych, która to czynność znacznie wspomaga myślenie, zastanowiłem się nad specyfiką zwyczajów w zakonach religijnych i wkrótce znalazłem sposób rozwiązania problemu. Przebiegłem cały korytarz, badając dotykiem napotkane drzwi, i z radością spostrzegłem, że tylko jedne z nich wszystkich mają zamek. Za pomocą pilniczka do paznokci wydobytego z sakwy oraz dzięki doświadczeniu nabytemu w mej przestępczej przeszłości sforsowałem zamek i wyszedłem na schody prowadzące na pierwsze piętro.

Pierwszym pomieszczeniem był refektarz, gdzie stoły nakryto już do śniadania. Przypomniało mi to, że od kolacji poprzedniego wieczoru nie miałem nic w ustach. Usiadłem na jednej z ławek i zająłem się kiszką, która, mimo okoliczności i odkrycia, że była surowa, smakowała wyśmienicie. Pokrzepiwszy nadwątlone siły, wróciłem do działania. Zdającą się nie mieć końca pielgrzymkę po internacie podsumuję, informując, że wreszcie udało mi się znaleźć, dzięki szczegółowemu opisowi Mercedes, drzwi do sypialni uczennic, które również sforsowałem pilniczkiem do paznokci i przez które wszedłem bezszelestnie, nie budząc żadnej z dziewcząt. Sypialnię stanowiło prostokątne i obszerne pomieszczenie, po którego bokach stały rzędy łóżek. Z lewej strony każdego łóżka stała szafka nocna, a z prawej – krzesło, na którym leżały, nienagannie złożone, mundurki dziewcząt oraz, ach, uwodzicielska wizja, ich majteczki. Szybki rachunek uświadomił mi, że jestem jedynym mężczyzną pośród sześćdziesięciu czterech aniołków stojących u progu dojrzałości płciowej. Musiałem jeszcze tylko ustalić, który z sześćdziesięciu czterech jest córką dentysty, i tym zwieńczyłbym pierwszy etap planu. Niewątpliwie zada pan lub pani, drogi czytelniku, droga czytelniczko, pytanie, w jaki sposób zamierzałem rozpoznać dziewczynkę, której nigdy w życiu nie widziałem, a jeśli tak jest w istocie, znajdzie pan lub pani odpowiedź w następnym rozdziale.

Rozdział XVII

W krypcie

Po raz drugi tej nocy, lecz nie w życiu, stanąłem na czworakach i zacząłem skradać się między łóżkami, dotykając butów ustawionych parami pod każdym krzesłem. Wszystkie były wilgotne od deszczu z wyjątkiem jednej: pary butów córki dentysty. Wyłuskawszy tym prostym sposobem przedmiot mych poszukiwań, przystąpiłem do realizacji drugiej i drażliwszej części planu. Wyjąłem z torby chustkę nasączoną lizolem, substancją niezwykle cenioną w ubikacjach okolicznych kin, przykryłem nią nos i usta i zawiązałem z tyłu głowy, nabierając wyglądu bandyty z westernu. Następnie wydobyłem ampułkę z eterem, którą Mercedes, według moich instrukcji, buchnęła z apteki, podczas gdy odwracałem uwagę personelu, udając, że chcę kupić prezerwatywy, ale wstydzę się o nie poprosić. Pilniczkiem do paznokci odciąłem szyjkę ampułki, a eter ulotnił się tuż przed noskiem dziewczynki, do którego tęże ampułkę podsunąłem. Nie minęło nawet pięć sekund, a dziewczynka usiadła na łóżku, odkryła się i postawiła stopy na podłodze. Ująłem ją delikatnie za ramię i poprowadziłem do drzwi. Nie stawiała najmniejszego oporu. Zamknąłem za nami drzwi i ruszyliśmy w stronę łazienek, następnie po schodach do przedsionka. Przeszliśmy przez kaplicę i dotarliśmy do fałszywej płyty grobowej, na której widniały litery V.H.H. oraz napis *HINC IL-LAE LACRIMAE.* Zostawiłem znieruchomiałą dziewczynkę obok szafy zawierającej przedmioty liturgiczne i pociągnąłem za pierścień wystający z płyty. Przeklęty kamień ani drgnął. Zdumiałem się, pamiętając, że ongiś Mercedes, podówczas krucha nastolatka, zdołała podnieść go własnymi siłami. Po wielu wyczerpujących próbach kamień ustąpił. Odsunąłem go i ujrzałem otwór ciemny i cuchnący. Wsunąłem się do środka, potknąłem, upadłem do przodu i wylądowałem w ramionach odrażającego szkieletu. Z najwyższym trudem zdławiłem krzyk i wypadłem z krypty, zachodząc w głowę nad przyczyną takiego rozwoju wypadków, aż w mózgu zapaliło mi się światełko i przekląłem własną głupotę. Cóż za osioł! W pośpiechu pomyliłem groby i sprofanowałem miejsce pochówku śmiertelnych szczątków V.H.H. Gdyby ma nieznajomość języków obcych nie była tak bezdenna, zorientowałbym się, że napis na płycie, którą właśnie odsunąłem, różni się od zacytowanego przez Mercedes. Ja jednak, stary gamoń, nie przewidziałem takiej możliwości, jak ów Szwajcar, którego kiedyś poznałem, a który, znając po hiszpańsku tylko słowo „kurde", powtarzał je we wszystkich okolicznościach, święcie przekonany, że włada językiem imperium i każdy, ktokolwiek go usłyszy, powinien trafnie zinterpretować jego intencje. Sprzedałem mu wówczas jako kokainę najzwyklejszy talk, za który pyszałkowaty i tępy Szwajcar zapłacił jak za zboże i który wdychał entuzjastycznie, aż zrobił się biały jak klaun. Teraz popełniałem identyczną pomyłkę. Nigdy nie zarzekaj się, czytelniku, że czegoś nie zrobisz, nigdy nie dawaj za to głowy.

Ochłonąwszy z przestrachu, lecz wciąż jeszcze poruszony, użyłem chustki okrywającej me otwory oddechowe do otarcia potu z czoła, po czym wrzuciłem ją z roztargnieniem do sakwy, które to niedopatrzenie miało mnie drogo kosztować.

Właściwa płyta spoczywała, by tak rzec, tuż obok tej, którą podniosłem, i ustąpiła po pierwszym szarpnięciu, odsłaniając opisane przez Mercedes schody, którymi zszedłem, popychając przed sobą dziewczynkę na wypadek zasadzki. W korytarzu panowała nieprzenikniona ciemność i głęboko pożałowałem utraty latarki. Po części dla bezpieczeństwa, a po części z nerwów, tak mocno ściskałem ramię dziecka, że zaczęło jęczeć przez sen. Przyznaję, że traktowałem dziewczynkę dość obcesowo, lecz pragnę przypomnieć każdemu, kto czyniłby mi z tego powodu wyrzuty, iż wchodziliśmy do labiryntu i tylko ta głupiutka kataleptyczka, którą porwałem w tym właśnie celu, mogła przeprowadzić mnie w sposób pewny przez plątaninę korytarzy, i gdyby nie to, za żadne skarby nie zgodziłbym się wędrować pod ziemią w charakterze jej opiekuna. Jeśli ktoś żywi podejrzenia innej natury, śpieszę wyjaśnić, że dziewczynka miała prosiaczkowatą twarz i była w fazie rozwoju, w której nic interesującego nie dałoby się z nią zrobić, nie licząc sfery edukacyjnej. Być może znajdzie się też czytelnik, który zarzuci mi, iż to, że dziewczynka przebyła raz labirynt w stanie hipnotycznym, nie oznaczało, że może powtórzyć tę czynność z jednakim szczęściem, i osobie takiej przyznam całkowitą rację, gdyż zgubiliśmy się po przejściu zaledwie stu kroków. Wędrowaliśmy i wędrowaliśmy, jeden korytarz prowadził do drugiego, a ten do kolejnego, bez innej logiki czy systemu niż zła wola tego, kto zaprojektował ową potworność.

– Bardzo się obawiam, ślicznotko – powiedziałem do dziewczynki, choć wiedziałem, że nie może mnie usłyszeć – że to już koniec. Nie powiem, że mi nie zależy, ponieważ jestem żarliwie i, zdaniem wielu, w stopniu nieusprawiedliwionym przywiązany do własnej skóry, lecz jest poniekąd normalne, iż taki dureń jak ja dokończy swoich dni w tej architektonicznej alegorii własnej trajektorii życiowej. Ogromnie za to ubolewam nad tym, że jesteś zmuszona podzielić mą dolę, choć cię ona ani grzeje, ani zziębi. Taki zdaje się być los niektórych istot ludzkich, jak sugerował niedawno, a w każdym razie takie odniosłem wrażenie, twój ojciec, a ja nie będę osobą, która teraz właśnie sprzeciwi się ładowi wszechświata. Są ptaszki służące tylko do tego, by zapylić kwiatki, które inne zwierzęta zjedzą i dadzą mleko. I są ludzie, którzy z tego powiązania wyciągają naukę. Pewnie istnieje niejedna, nie wiem. Ja, biedaczek, zawsze starałem się iść swoją drogą, nie próbując zrozumieć maszynerii, której może jestem trybikiem, jak plwocina, kiedy na stacjach benzynowych plują na koło po napompowaniu. Lecz filozofia ta, jeśli w ogóle można mówić o jakiejś filozofii, marne dała wyniki. Widzisz, do czego doszedłem, mała.

Owa smutna perora, morał z mego błądzenia po świecie, nie przeszkodziła mi zauważyć, iż w powietrzu korytarza, którym wędrowaliśmy, rozrzedzonym i pełnym kurzu, zaczyna się unosić lekki zapach brylantyny lub płynu po goleniu, co skłoniło mnie do przypuszczenia, że w pobliżu czai się jakiś fircyk. Wyjąłem z sakwy młotek, w który zaopatrzyłem się w celach obronnych, a żeby to uczynić, musiałem puścić dziewczynkę. Gdy chciałem ponownie ująć ją za ramię, dłonie me pochwyciły tylko pustkę. Nadmienię w przelocie, że pistolet byłby w tych okolicznościach znacznie praktyczniejszy od młotka, lecz nabycie go w sklepie z bronią nastręczyłoby niemożliwe do pokonania trudności związane z brakiem licencji, a czarny rynek był przede mną zamknięty, gdyż ceny ostatnio znacznie wzrosły w związku z eskalacją terroryzmu.

Uznałem najpierw, że dziewczynka wyprzedziła mnie, i chciałem przyśpieszyć kroku, by ją dogonić, lecz nogi zaczęły mi ciążyć i tylko z najwyższym wysiłkiem udało mi się kroczyć do przodu. Poczułem skurcz w żołądku, który przypisałem niedawno wtrząchniętej kiszce, oraz lekkie zamroczenie, nie całkiem nieprzyjemne. Upadłem, podniosłem się i ruszyłem dalej, dalej, bez wytchnienia, aż wydało mi się, że nie robiłem nic innego przez całe życie. A wtedy, gdzieś bardzo daleko, ujrzałem zielonkawą poświatę i usłyszałem jakby głos, który mnie wzywał:

– Ej, ty, na co czekasz?

Na to ja, który najchętniej usiadłbym na ziemi, przyśpieszyłem kroku, ponieważ głos, który zachęcał mnie, bym wytrwał w wędrówce, należał do Mercedes, i pomyślałem, że może potrzebuje ona mej pomocy. Jednakże każdy ruch kosztował mnie tyle wysiłku, że musiałem porzucić młotek i sakwę, a ubrania nie pozbyłem się tylko dlatego, iż nie przyszło mi na myśl podobne szaleństwo. Przeraźliwy gwizd przeszył mi bębenki, a gdy chciałem zasłonić sobie uszy, zauważyłem, że nie jestem w stanie podnieść rąk.

– Chodźże, chodźże – ponaglał głos Mercedes.

Powtarzałem sobie w duszy:

– Nie daj się oszukać, nieszczęsny, to wszystko jest tylko halucynacją. Korytarz jest pełen eteru. Bądź ostrożny, to tylko halucynacja.

– Wszyscy tak mówicie – zaśmiała się Mercedes – ale potem zachowujecie się tak, jakby jej nie było, świnie. No dalej, chodź tu, dotknij mojego sadełka, a zobaczysz, czy jestem tylko owocem twojej wyobraźni.

I postać jej, rysująca się teraz wyraźnie na tle zielonkawego światła krypty, wyciągała ku mnie zapraszające ramiona, niewiele dłuższe od niebiańskich kawonów, które wyrastały między nimi.

– To tylko fatamorgana – powiedziałem jej – tylko duch mógł domyślić się natury mego pociągu do ciebie, Mercedes.

– I co z tego – powiedziała, nie precyzując, co dokładnie ma na myśli – skoro pomogło ci to odnaleźć zagubioną drogę?

Na co jakiś głos dodał w ciemnościach za moimi plecami:

– Choć nie na długo ci się przydadzą te zwidy, gołąbku.

Gdy chciałem odwrócić się, by zobaczyć, któż to wymówił tę groźbę, Mercedes opasała mnie ramionami, skutecznie unieruchamiając, jak Bengoechea unieruchamiał Tarresa podczas wieczorów w Iris, i sprowadzając do zera me możliwości obrony, nie mówiąc już o możliwościach prokreacji, których zamierzałem właśnie dowieść, jak się okazało, przedwcześnie.

– Kto tam jest? – zapytałem, na wpół żywy ze strachu.

A wówczas wynurzył się z mroku barczysty, lśniący Murzyn, odziany w przepaskę biodrową z lamy, który, wykorzystując mój bezruch, podszedł do mnie, pomacał moje pośladki i rzekł z jawnym sarkazmem:

– Jam jest Murzynek Bambo z tropikalnej Afryki. – Po czym dodał, strzelając w swe naoliwione ciało gumką body:

– I zademonstruję ci rozliczne zalety tego niezrównanego produktu.

– Nie jestem gejem – zawołałem, używając terminologii, z którą, jak uznałem, był świetnie obyty. – Miewam problemy, jak każdy, ale nie jestem tym, za kogo mnie pan uważa. Choć, rzecz jasna, nie mam nic przeciwko gejości, oprócz tego, iż nie aprobuję tego barbaryzmu, jako że język nasz dysponuje wieloma stosownymi synonimami, a w owych niepotrzebnych zapożyczeniach upatruję zresztą nie tylko oznak serwilizmu naszej kultury względem obcych, lecz także pewnej wstydliwości w nazywaniu rzeczy po imieniu.

Lecz Murzyn wyjął ze swej wybrzuszonej przepaski niewielką książeczkę i odczytał z niej monotonnym głosem dość długi fragment.

– W osobowości nas wszystkich drzemie pewien procent nieokreśloności – powiedział, podsumowując przeczytany tekst i chowając książeczkę w krocze – którą musimy się nauczyć przezwyciężać bez dumy ani wstydu. Widzi pan, na przykład – dodał, pokazując na przepaskę wypchaną książką – że to, co opowiada się o czarnych, jest czystym wytworem wyobrażeniowości waszej kultury. A miłość do paradoksu, wybaczy pan, jest właściwa kulturom nieskomplikowanym.

– Halucynacje czy nie – powiedziałem, wydostając się nie bez trudu z objęć Mercedes – nie poddam się tej tandetnej i tendencyjnej psychoanalizie. Przyszedłem tu, by rozwiązać pewną sprawę, i zamierzam to uczynić, za waszym pozwoleniem lub bez niego.

I ruszyłem biegiem w drugi koniec krypty, w poszukiwaniu wyjścia, nie tyle chwalebnego, ile szybkiego. W biegu zastanawiałem się, co się stało z biedną dziewczynką, którą wyobrażałem sobie błądzącą jeszcze po korytarzach labiryntu. Zderzenie z poziomą i twardą powierzchnią przywróciło mnie do rzeczywistości, jeśli wyrażenie to jest tu właściwe. Spojrzałem uważnie i zobaczyłem, że wpadłem na niski, przypominający nieco ladę sklepu z rybami stół o metalowych nogach i marmurowym blacie, na którym spoczywał, w hieratycznej i mało zachęcającej pozie, blady trup. Podskoczyłem i oderwałem od niego wzrok, przekonany, że uciekłem z jednego koszmaru, by wpaść w drugi, znacznie mniej przyjemny. Spojrzałem z ukosa raz jeszcze, by sprawdzić, czy trup nadal tam jest, i stwierdziłem z niesmakiem, że tak. Co więcej, rozpoznałem w zmarłym wszędobylskiego Szweda, którego poprzedniego wieczoru zostawiłem w fotelu u mojej siostry. Ciało jego, niegdyś jędrne, wykazywało oznaki zwiotczenia i rozrzedzenia właściwego dla potrawki serwowanej w tanim pensjonacie. Spod stołu dobiegał tłumiony szloch. Przykucnąłem i ujrzałem mą siostrę, skuloną pod stołem i zapłakaną. Miała na sobie podartą i brudną koszulę, była rozczochrana, bosa i bez makijażu.

– Skąd się wzięłaś w tym ponurym miejscu? – zapytałem, zdjęty żalem na widok jej smutku.

– Ty mnie wplątałeś – poskarżyła się. – Żyłam sobie szczęśliwie, gdy wegetowałeś w wariatkowie. Mama zawsze mi mówiła, że ty...

– Daj spokój, duszko – przerwałem. – Nie wszystko, co mówiła mama, należy uważać za dogmat. Oczywiście bardzo by nam pomogło, gdyby tak było, ale ani rozsądek, ani dotychczasowe doświadczenia nie potwierdzają jej nieomylności.

– ... że ty – ciągnęła siostra – mnie ochronisz, kiedy zabraknie tatusia i jej, i ta przepowiednia, jak słusznie twierdzisz, okazała się całkowicie mylna.

– Wszyscy płacimy, śliczna panienko – zauważył Murzyn – nie tyle za nasze winy, ile za etykiety, jakimi oklejono nas w tym skostniałym i bojaźliwym społeczeństwie. Proszę spojrzeć choćby na mnie: zawsze chciałem być poetą, a uprzedzenia rasowe zmuszają mnie do zaspokajania najbardziej rustykalnych oczekiwań kobiet. Nie jest tak, serce moje?

– Byłaby to wielka strata, gdybyś zaczął komponować sonety, najdroższy – powiedziała Mercedes, rzucając lubieżne spojrzenia na wybrzuszenie w slipach poety.

– Jak by powiedział poeta – zapłakał tenże – ileż lat czekać ma moja dusza? Miałem talent. Teraz jest już za późno, ale mogłem być kimś w tym świecie komediantów. Kogo naśladuję? – Podniósł głos i zakołysał biodrami. – Córko ma, gdzież służba? Poddacie się wreszcie? Do mnie, do alkada Zalamei! A to znacie? Lecą samolotem Francuz, Anglik, Niemiec i Hiszpan. Nie? A jak Franco jedzie na biskuterze? A ten o Avekremie? Wiele mam twarzy, zaiste, lecz cóż mi z tego przyszło? Dostała mi się rola Brata Łaty.

– Chodź, Cándida – powiedziałem siostrze. – Zmyjmy się stąd jak najszybciej.

I wczołgałem się pod stół z zamiarem udzielenia jej pomocy w uskutecznieniu mego planu, lecz Cándida rozdrapała mi twarz i kopnęła w splot słoneczny z taką siłą, że straciłem oddech.

– Dlaczego mnie tak traktujesz? – zdołałem jeszcze zapytać, zanim straciłem przytomność.

Rozdział XVIII

Domek w górach

Pierwsze, co usłyszałem, odzyskując przytomność, to doskonale mi znany głos, który mówił:

– Siostrzyczki, zamknijcie oczy, jeśli nie chcecie oglądać męskiego tyłka. Możecie wykorzystać ten moment skupienia, by odśpiewać *miserere* za duszę tamtego nieszczęśnika.

Szepnąłem urywanym głosem:

– Komisarz Flores! Jak pan się tu dostał?

– Nie ruszaj się – powiedział inny, lecz równie dobrze mi znany głos doktora Sugrañesa – bo ci przebiję napletek. Światło jest dość skąpe, a moja dłoń nie taka już pewna jak dawniej. Opowiadałem panu, komisarzu, że w młodych latach wygrałem zawody w rzucie kamieniem do gołębi? *Amateur*, rzecz jasna – sprecyzował, wymawiając to słowo z francuskim akcentem.

Spostrzegłem, że otacza mnie liczne zgromadzenie: komisarz, doktor Sugrañes, Mercedes oraz szereg zakonnic, wśród których rozpoznałem przełożoną, znaną mi ze spotkania w domu wariatów. Trzymała w ramionach młodziutką kataleptyczkę, której koszula była w wielu miejscach rozdarta. Zapytałem, jak ją znaleźli.

– Obejmowałeś ją pod stołem, ty nędzny niekataloński pedofilu – powiedział komisarz Flores – ale do niczego poważnego nie doszło, jak wynika z badań daktyloskopijnych wykonanych przez doktora Sugrañesa.

– Nie powiedział mi pan, jak się tu dostaliście.

– Ja ich wezwałam, zgodnie z twoim poleceniem – powiedziała Mercedes, opuszczając mi spodnie, by doktor Sugrañes mógł zrobić zastrzyk.

– A Murzyn? – zapytałem.

– Nie ma żadnego Murzyna – powiedział doktor. – Bredziłeś jak zwykle.

– Nie jestem wariatem! – zaprotestowałem.

– To do mnie należy ustalenie tego – powiedział doktor profesjonalnym tonem, którym zwykł był maskować irytację.

Poczułem, że pocierają mi zadek watą nasączoną alkoholem i wbijają wilgotną igłę. Usta wypełnił mi gorzki smak, a przed oczami na moment zapłonął ogień. Kiedy je otworzyłem, komisarz Flores wycierał sobie watą ręce, mówiąc do Mercedes:

– Dotknij tego faceta, a tężec murowany. Mogą już siostry otworzyć oczy, niebezpieczeństwo cielesne minęło. Możecie też wrócić do cel, jeśli taka jest wasza wola. Doktor i wasz sługa zajmą się wszystkim. Gdy zajdzie konieczność, poinformujemy was o dalszym postępowaniu.

– Będziemy musiały zeznawać, panie komisarzu? – zapytała przełożona.

– O tym zadecyduje sędzia.

– Pytam, bo jeśli tak, musimy wystąpić o zgodę do episkopatu. Oczywiście, jeśli wcześniej konkordat nie zostanie anulowany.

Siostrzyczki wyszły, zabierając ze sobą dziewczynkę. Zostaliśmy w krypcie sami, komisarz, doktor Sugrañes, Mercedes i ja.

– W moich zwidach pojawiał się też trup – powiedziałem doktorowi. – Cieszę się na wieść, że wszystko to jest tylko wytworem mej fantazji.

– Na twoje nieszczęście, mały – powiedział komisarz – historii o trupie nie zmyśliłeś. Jeśli podniesiesz prześcieradło, zobaczysz go.

I wskazał makabryczny tobół spoczywający na ziemi. Poprosiłem o wyjaśnienie.

– Wszystko w swoim czasie – powiedział komisarz.

– A skoro już jesteśmy tutaj, zobaczmy, dokąd prowadzi korytarz. – Z tylnej kieszeni spodni wyjął pistolet i wywinął nim. – Idźcie za mną w pewnej odległości i gdy zacznę strzelać, padnijcie na ziemię. Z powodu oszczędności wprowadzonych przez nowy rząd nie mam zbyt wiele okazji do trenowania i nie odpowiadam za celność. I pomyśleć, że niebawem jadę do Tokio na olimpiadę!

– W tym kraju – zauważył doktor Sugrañes – ten, kto się wybija, budzi zawiść. Jak się czujesz?

– Mogę chodzić – powiedziałem – ale czy nie wpakujemy się w kolejny labirynt?

– Nie wygląda na to – powiedział komisarz już z korytarza. – A gdyby nawet, jeśli jest taki jak ten, to śmieję się z tych labiryntów.

– Dlaczego? – zapytałem.

– Wszystkie korytarze prowadzą do krypty – wyjaśnił doktor Sugrañes. – Z pewnością pełniły funkcję psychologiczną: zniechęcić każdego, kto by odkrył wejście do podziemi. Lecz użytkownik nie chciał ryzykować, że sam wpadnie we własne sidła, i zadbał o to, by wszystkie drogi, jak mówi przysłowie, prowadziły do Rzymu.

Poprzedzani przez komisarza, opuściliśmy kryptę i zagłębiliśmy się w korytarz wychodzący z niej naprzeciwko miejsca, gdzie znajdował się wylot labiryntu. Komisarz dzierżył latarkę, której światło wskazywało na to, że za moment wyczerpią się baterie. Za nim kroczył doktor Sugrañes ze strzykawką wzniesioną w górę jak pika, a zamykałem pochód ja, wsparty na ramieniu Mercedes, ponieważ czułem się u kresu sił i ducha. Szliśmy przez dłuższy czas prosto, aż przystanęliśmy, słysząc, że komisarz klnie.

– Tu są schody, których nie zauważyłem. O mało nie rozbiłem sobie czaszki – krzyknął. – Te latarki przysyłane z Madrytu są nic niewarte. Z pewnością kuzyn jakiegoś ministra zbija na nich majątek.

Wspięliśmy się po schodach, po czym drogę zagrodziły nam metalowe drzwi. Komisarz spróbował je otworzyć, lecz nie był w stanie.

– Jeśli mają panowie kawałek drutu, ja to zrobię – zaproponowałem.

Mercedes podała mi szpilkę do włosów, którą, po zgięciu, posłużyłem się jak wytrychem. Pokonawszy tę przeszkodę, stanęliśmy u progu ogromnej sali pełnej zardzewiałych i zakurzonych maszyn. W głębi znajdowały się drugie drzwi, rozsuwane, a przed nimi stał zniszczony wagonik, z którego wyleciało stado nietoperzy wydających przenikliwe piski. Mercedes zdusiła okrzyk przestrachu.

– Cóż to jest, u diabła? – zapytał komisarz.

– Sądząc po obecności szyn – stwierdził doktor Sugrañes – zapomniana kolejka.

– Zobaczmy, dokąd prowadzi – powiedział komisarz.

– Ty, wyłam no ten zamek.

Nie bez wysiłku pokonałem liczne mechanizmy i sprężyny i rozsunęliśmy ciężkie metalowe skrzydła, które wsunęły się zgrabnie w boczne prowadnice. W świetle poranka ujrzeliśmy górskie zbocze, po którym, między zaroślami, biegł tor kolejki.

– Działa toto? – zapytał komisarz, nie zwracając się do nikogo w szczególności.

– Rzucę okiem – powiedział doktor Sugrañes. – W dzisiejszych czasach postępu w medycynie, my, lekarze, musimy mieć pewne pojęcie o mechanice.

Zaczął opukiwać maszynę, a ja, nieco ożywiony świeżym górskim powietrzem, poprosiłem komisarza, by udzielił mi obiecanych wyjaśnień.

– Ta oto panienka – powiedział, wskazując na Mercedes, która wyglądała na nadzwyczaj ponurą – którą poznałem sześć lat temu, a która, nawiasem mówiąc, bardzo się zmieniła na lepsze, zadzwoniła od mnie o wpół do trzeciej nad ranem i opowiedziała o twoich wyczynach. W obawie, że popełnisz kolejny występek, powiadomiłem doktora Sugrañesa, który szarmancko zgodził się współpracować w pochwyceniu cię, i udaliśmy się do szkoły, gdzie zakonnice, uprzednio zawiadomione o naszej wizycie, zechciały nam towarzyszyć do krypty, by dopilnować, byśmy nie zbezcześcili świętego miejsca. Zbadaliśmy labirynt w świetle gromnic z kaplicy i odkryliśmy, jak ci już powiedział doktor, że nie jest labiryntem, lecz pułapką zastawioną na tych, którzy by się weń zapuścili. To, że potem się kończy, można tłumaczyć dwojako: już to korytarz miał po prostu ułatwiać ucieczkę z domu, już to w połowie budowy wyczerpał się budżet. Tak czy owak, dotarliśmy do krypty i zastaliśmy cię pod stołem, na którym leżał trup, obejmującego biedną dziewczynkę, której koszulkę podarłeś w konwulsjach obłąkanego.

Doktor Sugrañes krzyknął zza wielkiego silnika:

– Hurra! Udało się!

Rzeczywiście, kolejka ruszyła. Wszyscy czworo wskoczyliśmy na pokład i usiedliśmy na siedzeniach pokrytych kurzem i łajnem nietoperzy.

– Nie rozumiem za to – powiedział komisarz, podczas gdy wagonik sunął powoli w dół zbocza, między pachnącymi sosnami – dlaczego nie poinformowałeś mnie o tym, co odkryłeś i jakie masz zamiary. Oszczędziłbyś sobie sporo wysiłku i nie musiałbyś nadstawiać głowy.

– Chciałem udowodnić – powiedziałem – że potrafię radzić sobie sam.

– Brak zaufania do władz publicznych jest endemiczną chorobą tego kraju – zawyrokował komisarz.

– Mającą coś wspólnego – zawtórował mu doktor Sugrañes – ze stosunkiem ojcowsko-synowskim u klasy niższej.

Spojrzałem kątem oka na Mercedes, która nie odzywała się ani słowem. Jej głowa, ramiona, a nawet najszlachetniejsza część korpusu były opuszczone i zdradzały przygnębienie. Z udawanym zainteresowaniem kontemplowała szare i zamglone miasto, rozpościerające się chwilami u naszych stóp. Latarnie uliczne i reflektory oświetlające zabytki zgasły automatycznie, gdy wstał dzień. Migało tylko kilka neonów na Plaza Cataluña. W porcie transatlantyk wypuszczał dym z komina, a w dali, na pełnym morzu, rysowała się prostolinijna sylwetka lotniskowca VI Floty. Pomyślałem ze smutkiem, że moją siostrę ucieszyłby widok tylu potencjalnych klientów. Z rozmyślania wyrwał mnie okrzyk:

– Uwaga, zaraz przypierdolimy w bramę!

Wagonik dotarł do końca trasy i mknął ślepo w stronę zamkniętej bramy. Wyskoczyliśmy zeń na moment przed tym, jak całym pędem wpadł na metalową przeszkodę, rozbijając się w drzazgi i kawałki. Brama ustąpiła i platforma na kółkach sunęła nieubłaganie dalej, wjeżdżając w drugi zestaw silników, cewek i innego sprzętu. Poleciały iskry i fioletowe błyskawice oświetliły maszynownię, która wkrótce zmieniła się w plątaninę bezużytecznych kabli.

– Tośmy mieli fart – wycedził komisarz, otrzepując garnitur od Maxcaliego z ziemi i źdźbeł trawy, które doń przywarły, gdy turlał się w dół zbocza.

– Zobaczmy, gdzie jesteśmy – zasugerował pragmatyczny doktor Sugrañes.

Obeszliśmy maszynownię i znaleźliśmy się na sielskiej łączce otaczającej wielki, piękny dom. W jego drzwiach zgromadziła się zaalarmowana hałasem rodzina w piżamach. Komisarz zażądał, by jej członkowie okazali dowody tożsamości, co skwapliwie uczynili. Byli uczciwymi obywatelami, którzy nabyli dom i otaczający go teren dziesięć lat temu. Wiedzieli o istnieniu stacji kolejki, lecz nigdy jej nie używali i nie przypuszczali, iż rzecz taka jest możliwa. Zaproponowali nam wspólne spożycie śniadania oraz dostęp do telefonu, z którego komisarz zadzwonił po radiowóz.

– Nie wszystkie tropy prowadzą do spektakularnych odkryć – stwierdził filozoficznie komisarz, popijając kawę z mlekiem. – Taka jest rutyna działania policji.

Młodszy synek patrzył na niego podniecony. Mnie chcieli podać śniadanie w kuchni, ale doktor odrzucił tę propozycję, nie chcąc spuszczać mnie z oczu. Obecność ma zakłóciła nieco uroczysty charakter posiłku.

Rozdział XIX

Tajemnica krypty rozwikłana

Gdy tłoczyliśmy się w radiowozie w drodze do Barcelony, uznałem, że nadszedł moment, by wyjaśnić ciemne punkty w łańcuchu zaszłych niedawno wydarzeń.

– Oczywiście – zacząłem – klucz do całej zagadki dała opowieść Mercedes. Do tej pory nie przyszło mi do głowy, że sprawa Szweda i zniknięcie dziewczynki mogły być powiązane. Teraz za to widzę wszystko bardzo wyraźnie i aby wszyscy obecni też mogli tak zobaczyć, zacznę od początku.

Nie ulega wątpliwości, że Peraplana był, i z pewnością nadal jest, zamieszany w brudne interesy; być może narkotyki albo i gorzej. Aby wyjaśnić ten punkt, wystarczy rzucić okiem na księgi, większe i mniejsze, które handlowcy ukrywają z równą zazdrością, co kobiety swoje większe i mniejsze wargi. Sześć lat temu, najpewniej na początku tej przestępczej działalności, ktoś odkrył naturę owych machinacji lub też, wiedząc o nich wcześniej, zagroził podaniem ich do publicznej wiadomości. Nie wykluczam możliwości szantażu, a nawet się ku niej skłaniam. Tak czy owak, Peraplana lub jego zbiry zabili wspomnianego osobnika. Peraplana był i nadal jest człowiekiem wpływowym, lecz nie dość, by móc uniknąć kary za morderstwo, gdyby wyszło na jaw, na co się zapewne zanosiło. Postanowił więc ukryć zbrodnię, dokonując innej zbrodni, takiej, by władze postanowiły odłożyć ją *ad acta*, grzebiąc nieopatrznie wraz z tą drugą tę pierwszą. Sądzę, że wyrażam się jasno.

Miał wówczas Peraplana córkę jedynaczkę w internacie prestiżowej szkoły, mieszczącej się w gmachu, który niegdyś należał do niego, a którego pozbył się z powodów finansowych, nieistotnych dla sprawy. Nieruchomość ta została wzniesiona przez niejakiego Vicenza Hermafroditę Halfmanna, osobnika o ciemnej przeszłości i tajemniczej teraźniejszości, który osiadł w Barcelonie po zakończeniu pierwszej wojny światowej. V.H.H. zaopatrzył dom w tajne przejście, do którego wejście zamaskował kośćmi i które łączyło jego siedzibę, *via* kolejka, z domem w górach. W operacji tej chciałbym upatrywać zamysłów lubieżnych, lecz przeczuwam, że były raczej polityczne. Peraplana odkrył przejście i kryptę, lecz dom w górach nie był jego własnością i nie wiedział, jaki użytek może uczynić ze swego odkrycia. Lata później, popełniwszy zbrodnię, przypomniał sobie o przejściu i postanowił wykorzystać je, świadom, że zakonnice nie wiedzą o jego istnieniu.

Podał swej córce, już to za pośrednictwem jakiejś perfidnej siostry, już to uciekając się do innego fortelu, narkotyk, w który zapewne zaopatrzył się w należącej do niego spółdzielni mleczarskiej, używającej go, jak podejrzewam, by zwiększyć wśród konsumentów akceptację swoich produktów. Przetransportował trupa do krypty i poszedł po córeczkę, która, nieświadoma wszystkiego, spokojnie spała. Pierwotny plan polegał na tym, że policja, badając zniknięcie uczennicy, odkryje zwłoki, i by nie wplątywać niewinnej dzieweczki w skandal, umorzy postępowanie. Wszystko to skomplikowała interwencja Mercedes, która śledziła Peraplanę i nieszczęsną Isabel aż do krypty. Uważam, że narkotyk podany dziewczynce miał krótkotrwałe działanie i w labiryncie podano jej eter, by nie odzyskała przytomności. Mercedes nawdychała się go i stała się ofiarą halucynacji, w których rzeczywistość mieszała się z pragnieniami. Wszystkim nam się to zdarza, nawet bez eteru, i nie ma w tym nic zdrożnego. Jednakże stan zatrucia narkotycznego nie przeszkodził jej w odkryciu złożonego tam trupa. Pod wpływem, być może, tłumionej urazy uznała, że zabiła go Isabel. Nie wiedziała, że w krypcie znajduje się ktoś jeszcze, ponieważ, choć go zobaczyła, wzięła go za olbrzymią muchę, zwiedziona maską, którą Peraplana chronił się przed działaniem eteru. Tenisówki, które mieli na stopach zarówno on, jak i trup, gdyż w owej epoce stanowiły popularne obuwie, przyczyniły się do ugruntowania jej błędnego sądu. Wiedziona uczuciem do Isabel, Mercedes postanowiła wziąć na siebie odpowiedzialność za zbrodnię, którą przypisywała przyjaciółce, i przyjęła propozycję wygnania złożoną przez Peraplanę pragnącego pozbyć się jej i nie komplikować już bardziej spraw kolejnym morderstwem.

Plan udał się i Peraplana wyszedł z opałów zdrów i cały. Lecz sześć lat później inny szantażysta zmusił go do powtórzenia zbrodni. Tym razem jednak Peraplana miał większe doświadczenie. Porwał córeczkę dentysty, za zgodą tegoż, zanim jeszcze uśmiercił ofiarę. Możliwe, że wówczas, choć to jedynie przypuszczenie, dowiedział się, iż zająłem się sprawą, i pomyślał, że może obejść się bez krypty i zrzucić wprost na mnie odpowiedzialność za czapę, jak pospólstwo określa akty tego rodzaju. Podejrzewając, i słusznie, że nawiążę kontakt z moją siostrą, skierował do niej Szweda pod pretekstem, że poda mu ona cenę jego milczenia. Siostra ma nie wiedziała, jak zinterpretować roszczeniową postawę cudzoziemca, lecz przywykła do ekscentrycznych wymagań niestarannie dobranej klienteli i nie przejęła się zbytnio jego żądaniami. Zdezorientowany Szwed ruszył moim tropem, dokładnie tak, jak przewidział Peraplana. W pewnym momencie podał Szwedowi, przed którym musiał naprawdę mieć pietra, narkotyki zawierające, jak sądzę, powoli działającą truciznę. Szwed umarł w moim pokoju hotelowym, a Peraplana, działając, jak przypuszczam, w zmowie z jednookim portierem, wezwał policję z nadzieją, że przyłapie mnie *in flagranti*. Zdążyłem umknąć. Policja zaczęła mnie ścigać, a w tym czasie Peraplana i jednooki portier przenieśli trupa do domu mej siostry, gdzie odnaleźliśmy go ponownie i gdzie po raz drugi udało mi się zmylić czujność cokolwiek sprzedajnego inspektora. Ponieważ pojawiłem się na scenie, nie miało już sensu ukrywanie córki dentysty, którą zwrócono, podobnie jak wcześniej stało się z Isabel. Widząc, że zamierzam spenetrować kryptę, Peraplana przeniósł tam ciało Szweda i Bóg raczy wiedzieć, co jeszcze by zrobił, gdyby nagła i pożałowania godna śmierć córki nie pogrążyła go w bólu, zaćmiewając rozsądek. Ja tymczasem dostałem się do krypty, padłem ofiarą eteru, który rozpylono w oczekiwaniu na me przybycie, a który pozostał w powietrzu ze względu na słabą wentylację. Nie jest wykluczone, panowie, że interwencja wasza ocaliła mnie przed jeszcze jakimś niebezpieczeństwem. To wszystko.

Nastąpiła długa cisza, którą przerwał komisarz Flores, pytając:

– I co teraz?

– Jak to co? – powiedziałem. – Sprawa jest rozwiązana.

– Łatwo ci mówić – powiedział komisarz. – W praktyce jednak... – Zawiesił głos, zapalił cygaro i spojrzał na mnie, jakby zwracał się do osoby inteligentnej, czego nigdy wcześniej nie robił. – Przedstawię ci problem bez ogródek. Przede wszystkim mamy twoją sprawę, którą widzę następująco. Niedawno opuściłeś dom wariatów i jesteś poszukiwany za takie oto czyny: zatajenie przestępstwa, nieposłuszeństwo wobec władzy, atak na uzbrojonego funkcjonariusza, posiadanie i podawanie substancji psychotropowych, kradzież, najście, podawanie fałszywych danych osobistych, molestowanie małoletniej i profanacja grobu.

– Ja tylko wypełniałem moje obowiązki – zaprotestowałem słabo.

– Nie wiem, co pomyśli o tym sędzia śledczy. Biorąc pod uwagę wszystkie okoliczności łagodzące, nie sądzę, żebyś dostał mniej niż sześć lat, choć nie więcej niż dwanaście. A najbliższa amnestia szykuje się dopiero za czterdzieści lat.

Wydmuchnął kilkakrotnie dym, a doktor Sugrañes zakasłał na znak protestu.

– Ja – ciągnął komisarz – jako przedstawiciel prawa, nie mogę niczego zaproponować. Natomiast osoba rozsądna i bezstronna, taka jak na przykład doktor Sugrañes, zaleciłaby zapewne, by zostawić sprawy takimi, jakie są. Co pan na to, doktorze?

– Dopóki nie muszę niczego podpisywać – stwierdził doktor Sugrañes – uważam, że ma pan rację.

– Mnie osobiście jest wszystko jedno, czy dalej prowadzę sprawę, czy nie – dodał komisarz. – To pierwsze oznacza kilkanaście godzin nadliczbowych, które są nieźle płatne. Ale reszta? Zamieszanie, papierzyska, przesłuchania, wyczekiwanie, konfrontacje, odwiedziny? Czy nie warto od czasu do czasu dokonać niewielkiego poświęcenia w zamian za święty spokój? A cóż zyskalibyśmy, ciągnąc śledztwo? Zmarli byli odrażającymi szantażystami, którzy otrzymali zasłużoną zapłatę. Musisz też wiedzieć, że Isabel Peraplana nie umarła. Ta oślica połknęła w celach samobójczych trzy tabletki z krzyżykiem, pięć septoletów i dwa czopki panadolu. Podali jej dobry środek przeczyszczający i po wszystkim. Numer z karetką był niepotrzebny, ale wiesz, jak reagują bogacze na kłopoty zdrowotne; silniejsza migrena i rezerwują separatkę w klinice La Paz. Co stanie się z biedną dziewczyną, jeśli zaczniemy teraz wyciągać matactwa jej ojca? A ta panienka, tak milcząca i korpulentna, która nam towarzyszy, czyż nie stanie się moralnie winna zatajenia morderstwa? I jakiż skandal wybuchnie, gdy się okaże, że przez sześć lat utrzymywał ją przestępca, już to w zamian za milczenie, już to za inne przysługi, których wolę nie wyszczególniać? Ta apetyczna osóbka została, dzięki tobie, oczyszczona z wszelkich podejrzeń, a wyrzuty sumienia z powodu przyczynienia się do śmierci Isabel rozwiały się wraz z wieścią o jej rychłym wyzdrowieniu. Nic nie stoi na przeszkodzie, by na zawsze zostawiła za sobą nienawistne wygnanie i mętną przeszłość, wróciła do ekscytującego życia barcelońskiego, wpisała się na Wydział Filozoficzno-Literacki, została trockistką, wyjechała do Londynu usunąć ciążę i żyła długo i szczęśliwie. Czyż zakłócisz tę jakże świetlaną przyszłość próżną żądzą sławy?

Spojrzałem na Mercedes, której wzrok był utkwiony w okno radiowozu. Jako że od dłuższej chwili staliśmy na światłach i nic nie usprawiedliwiało jej skrupulatnego badania pejzażu, wywnioskowałem, że nie chce, bym zobaczył jej oczy.

– Proszę mi obiecać – powiedziałem komisarzowi – że wypuści pan moją siostrę, i przyjmuję propozycję.

Komisarz zaśmiał się jowialnie.

– Zawsze byłeś oportunistą! – powiedział. – Obiecuję zrobić wszystko, co w mojej mocy. Wiesz, że w obecnych czasach nie mam już takich wpływów jak dawniej. Wszystko będzie zależało w dużym stopniu od wyniku wyborów.

– Zgadzam się – powiedziałem ze świadomością, że wyczerpałem możliwości negocjacji.

Radiowóz ruszył, przejechał pięćdziesiąt metrów i znowu stanął.

– Sądzę, panienko – powiedział komisarz, zwracając się do Mercedes – że pani tu wysiada. Jeśli lubi pani corridę, proszę koniecznie zadzwonić; mam abonament na miejsca w pierwszym rzędzie.

Mercedes wysiadła z samochodu bez słowa i patrzyłem, jak jej oniryczne arbuzy znikają w tłumie.

Komisarz:

– Z przyjemnością odwiozę panów do domu wariatów.

– I do kierowcy: – Ramón, spróbuj obwodnicą, a jeśli też będzie zatkana, włącz syrenę.

Dwoma zręcznymi manewrami kierowca wydostał się z korka i wkrótce mknęliśmy ulicami z dużą szybkością. Zrozumiałem, że po wynegocjowaniu mej zgody na propozycje komisarza nie było powodów, by wstrzymywał nas ruch uliczny. Ujrzałem, jak za oknem radiowozu przesuwają się w szybkim tempie domy i znowu domy, i bloki mieszkalne, i ugory, i cuchnące fabryki, i mury pomalowane w sierpy i młoty, i skróty, których nie rozumiałem, i posępne pola, i rzeczki pełne ścieków, i pajęczyny drutów elektrycznych, i góry odpadów przemysłowych, i dzielnice willi podejrzanej użyteczności, i korty tenisowe wynajmowane na godziny, najtańsze o świcie, i tablice reklamujące budowę kolejnych osiedli marzeń, i stacje benzynowe, gdzie sprzedają pizzę, i działki na sprzedaż, i restauracje regionalne, i połamana reklama Iberii, i smutne wioski, i laski sosnowe. I myślałem sobie, że mimo wszystko nie poszło mi tak źle, że rozwiązałem skomplikowaną sprawę, w której, rzecz jasna, pozostały jeszcze pewne luźne wątki dość podejrzane, i że przez kilka dni cieszyłem się wolnością i nieźle się bawiłem, a przede wszystkim poznałem kobietę, przepiękną i pełną zalet, do której nie czułem najmniejszej urazy i której wspomnienie nigdy mnie nie opuści. I pomyślałem, że może jeszcze uda mi się przegrupować drużynę i wygrać lokalną ligę, i zmierzyć się wreszcie w tym roku ze schizofami z Pere Mata, a może nawet odebrać im puchar, jeśli dopisze nam szczęście. I przypomniałem sobie, że w południowym pawilonie pojawiła się nowa oligofreniczka, która nie spogląda na mnie złym okiem, i że małżonka kandydata z Sojuszu Ludowego obiecała podarować nam kolorowy telewizor, jeśli jej mąż wygra wybory, i że wreszcie będę mógł wziąć prysznic i, kto wie, może nawet wypić pepsi-colę, jeśli doktor Sugrañes nie będzie na mnie zły za wplątanie go w przygodę z kolejką, i że świat się nie kończy tylko dlatego, że coś nie wyszło całkiem dobrze, i że jeszcze znajdą się okazje, by udowodnić mą mądrość, a jeśli się nie znajdą, sam ich sobie poszukam.

Spis treści

Społeczny Instytut Wydawniczy Znak,
ul. Kościuszki 37, 30-105 Kraków. Wydanie I, 2004.
Druk: Drukarnia Colonel, Kraków, ul. Dąbrowskiego 16.